Hans Garbaden

Ein Mordsdreh am Jadebusen

Originalausgabe – Erstdruck

Hans Garbaden

Ein Mordsdreh am Jadebusen

Kriminalroman

Schardt Verlag Oldenburg

Bibliografische Information *Der Deutschen Bibliothek*

Die Deutsche Bibliothek verzeichnet diese Publikation in *Der Deutschen Nationalbibliografie;* detaillierte bibliografische Daten sind im Internet über *www.d-nb.de* abrufbar.

Titelbild: Rainer Griese, Troisdorf
Umschlaggestaltung: Marlies Mittwollen

1. Auflage 2011

Copyright © by
Schardt Verlag
Uhlhornsweg 99 A
26129 Oldenburg
Tel.: 0441-21779287
Fax: 0441-21779286
E-Mail: kontakt@schardtverlag.de
www.schardtverlag.de
Herstellung: Fuldaer Verlagsanstalt

ISBN 978-3-89841-585-9

Meeresstrand

Ans Haff nun fliegt die Möwe,
Und Dämm'rung bricht herein;
Über die feuchten Watten
Spiegelt der Abendschein.

Graues Geflügel huschet
Neben dem Wasser her;
Wie Träume liegen die Inseln
Im Nebel auf dem Meer.

Ich höre des gärenden Schlammes
Geheimnisvollen Ton,
Einsames Vogelrufen –
So war es immer schon.

Noch einmal schauert leise
Und schweiget dann der Wind;
Vernehmlich werden die Stimmen,
Die über der Tiefe sind.

Theodor Storm

DANGAST

Wie ein Heuschreckenschwarm fiel die Valentine Production in den kleinen Ort am Jadebusen ein. Im Vorfeld hatten die Wilhelmshavener Zeitung und die Nordwest-Zeitung aus Oldenburg darüber berichtet, dass eine Hamburger Film-Produktionsgesellschaft vorhatte, das Leben des Malers Franz Radziwill, der den größten Teil seines Lebens in dem kleinen Ort Dangast am Jadebusen zugebracht hatte, als Spielfilm zu realisieren. Die für 28 Drehtage geplanten Aufnahmen sollten jetzt in dieser abgeschiedenen Region mit Außenaufnahmen in der Umgebung von Dangast beginnen.

Staunend sahen Einheimische und ein paar Urlauber, die die letzten schönen Spätsommertage in Friesland verbrachten, wie eine ganze Karawane von Produktionsfahrzeugen in der Nähe des Deiches hielt und dann von schon vorher eingetroffenen Helfern auf einen freigehaltenen Platz eingewiesen wurde.

Der Mann, der alles routiniert dirigierte, war Kai Schmidt, der Set-Aufnahmeleiter, ein ruhiger, besonnener Mann, der von einem Helfer, den alle nur Pille nannten, assistiert wurde. Pille, ein magerer junger Schlacks mit einem bleichen, pickeligen Gesicht, war offiziell als Produktionsfahrer eingestellt worden, fungierte aber als „Mädchen für alles".

Nachdem das Maskenmobil, die Fahrzeuge für die Kostüme, ein weiteres Fahrzeug für das Kamera-Equipment, die Wagen der Beleuchter, ein Fahrzeug mit eingebauter Küche für das Catering, die Aufenthaltsfahrzeuge für die Darsteller und einige Pkw abgestellt waren, war das Basislager für die vierwöchigen Dreharbeiten in und um Dangast komplett.

Kai Schmidt atmete tief durch und steckte sich gerade eine Zigarette an, als er aus der Reihe mit den Wohnmobilen für die Darsteller lautes Geschrei hörte.

Regina Schönefelder, eine Schauspielerin, war von einem Produktionsfahrer vom Bremer Flughafen abgeholt worden, weil sie heute gleich in den ersten Bildern spielen musste. Statt die als schwierig geltende Schauspielerin zuerst in ihr Hotel in Varel zu fahren, hatte der junge Produktionsfahrer sie an das Set in Dangast gebracht und ihr als Aufenthaltsmöglichkeit für die Drehpausen das letzte Wohnmobil in einer Reihe, die an einem Graben stand, zugewiesen.

Kai Schmidt glättete die Wogen. „Kein Problem, Sie bekommen das erste Wohnmobil gleich oben am Deich; ist das in Ordnung?" Schmollend willigte die Schauspielerin ein.

Versonnen blickten der Aufnahmeleiter und Pille dem Pkw nach, der die Schauspielerin zum Hotel fuhr.

Endlich war Ruhe eingekehrt, aber eine Bemerkung konnte Kai Schmidt sich doch nicht verkneifen: „Na, das fängt ja gut an. Was uns da wohl noch erwartet, diese überkandidelte Diva und dann der exaltierte Ferdi Schönert. Ich glaube, wir werden in den nächsten vier Wochen viel Spaß haben."

„Wie meinst du das mit Ferdi Schönert?" fragte der noch junge und unerfahrene Pille.

Kai Schmidt klärte ihn auf: „Der Ferdi ist ein lieber Kerl. Nur mit den Frauen am Set hat er immer Probleme. Die Maskenbildnerin schmiert ihm angeblich immer zu viel Farbe ins Gesicht, die Kostümbildnerin sucht angeblich immer schlechtsitzende Kleidung für ihn aus, die Continuity-Kollegin weist ihn immer auf angebliche Text- oder Anschlussfehler hin, und bei Dialogen mit seinen Darstellerkolleginnen blasen die ihm angeblich immer intensiven Knoblauchgeruch ins Gesicht. Aber sonst ist er – wie gesagt – ein lieber Kerl und ein ganz toller Schauspieler. Und er wird nichts gegen den Standort des Wohnmobils unten am Graben haben."

Pille hatte aufmerksam zugehört. „Und wie ist der Hauptdarsteller, der Tim Schumann, so?"

Kai Schmidt erkannte, dass er als loyaler Mitarbeiter der Valentine Production schon zu viel erzählt hatte, und gab seinem neuen Kollegen eine gutgemeinte Empfehlung: „Ach, der ist wie auch alle anderen Darsteller sehr nett. Sei zu allen freundlich und vor allem respektvoll. Dann wirst du mit ihnen gut auskommen. So, und nun los, wir müssen noch über die Tagesdisposition für morgen sprechen."

Tossens

Es war ein trostloser Spätsommertag, so dass man kaum vom Deich die See erkennen konnte. Den ganzen Tag hatte es unaufhörlich genieselt.

Eine buntzusammengesetzte Gesellschaft von Gästen hatte sich vor dem Wetter in die Gaststätte Butjenter Nachtigall, direkt hinter dem Deich, geflüchtet.

Am Stammtisch saßen Eldert Rescher, der Wattführer mit dem kantigen und groben Gesicht, welches verriet, dass es in seinem Stammbaum einen Slawen gab. Er wurde von allen nur Wattyeti genannt. Flankiert wurde er auf der einen Seite von Focko Daul und Hergen Vesper, zwei Männern mit glatten, nichtssagenden Gesichtern, die beide in einer Hotelverwaltung arbeiteten. Auf der anderen Seite saßen zwei wettergegerbte Krabbenfischer aus Fedderwardersiel.

Alle an diesem Tisch tranken Bier und Korn. Das beherrschende Gesprächsthema waren die Dreharbeiten des Spielfilmes über das Leben von Franz Radziwill in Dangast.

Einer der Krabbenfischer meinte: „Wir haben nichts von den Filmfritzen, mir ist es egal, ob hier ein Film gedreht wird oder nicht."

Etwas knurrig ergänzte der Wattyeti: „Mir ist es jetzt auch egal. Ich war als Begleiter für Dreharbeiten im Watt vorgesehen. Mit einem Mann von der Produktion war ich draußen, an der Bake vorbei, an den Seehundbänken entlang bis zur Fahrrinne. Alles habe ich ihm gezeigt. Als wir auf einer Sandbank ein paar Seehunde sahen, war er ganz begeistert. Ich habe ihm erzählt, dass sie früher als Nahrungskonkurrenten des Menschen galten und es für ihren Abschuss Prämien gab. Er konnte gar nicht glauben, dass erst ab 1953, als die Art auszusterben drohte, die Jagd nur noch auf Antrag möglich war. Inzwischen sind sie bei uns ja ganz unter Schutz gestellt. Der Mann wollte sich wieder melden. Aber es passierte nichts, bis ich von einem

Kollegen aus Varel gehört habe, dass sie sich für ihn entschieden hätten. Er macht es wohl billiger. Der Kerl vom Film hat mir damals seine Visitenkarte gegeben, ich muss sie noch irgendwo haben." Er nestelte aus der Gesäßtasche seiner Hose eine Geldbörse und holte eine verknickte Karte daraus hervor. „Hier hab ich sie. Robert Ketzler, Location-Scout. Scheiß-Location-Scout." Damit zerknüllte er die Karte und warf sie wütend unter den Tisch.

„Tja, etwas billiger war auch wohl das Hotel in Varel", meinte der Hotelmann Hergen Vesper. „Wir hatten ein Angebot für die Unterbringung des gesamten Filmteams für die Dauer der Dreharbeiten abgegeben, aber den Zuschlag hat ein anderes Hotel bekommen."

Die Aufmerksamkeit der Stammtischrunde richtete sich auf zwei Männer, die an der Theke standen und schon reichlich Bier und Korn getrunken hatten und jetzt sehr laut wurden.

Einer der beiden Gröler war groß, breitschultrig und stark übergewichtig. Sein Schädel war zur Glatze rasiert, die konturlos in einen Stiernacken überging. Er trug einen Kapuzenpulli mit runenartigen Schriftzeichen auf dem Rücken. Seine schwarzen Röhrenhosen endeten in Doc-Martens-Stiefeln.

Der andere Mann wirkte wie das Klischee eines pseudolinken Revoluzzers. Er war mager bis auf die Knochen, hatte lange, ungepflegte, mausgraue Haare, die mit einem Gummiband zusammengebunden waren, und einen wie von Motten zerfressenen Fusselbart. Bekleidet war er mit einem löchrigen Strickpullover in undefinierbaren Farben und einer ausgebeulten Jeans, die offensichtlich Monate, wenn nicht Jahre, keine Waschmaschine mehr gesehen hatte. An den Füßen trug er Ledersandalen.

„Was sind das denn für Typen?" entfuhr es dem Wattyeti.

Der wie geleckt aussehende Hotelmanager Focko Daul konnte ihn und die anderen – die auch fragend schauten – aufklären.

„Mit diesen beiden Vollidioten hatten wir in unserem Hotel bei Bürgerversammlungen auch schon unsere Freude. Der große Kerl mit der Glatze ist Raik Lawitzke. Dieser aus dem Osten hergelaufene Strolch ist ein ganz übler Neonazi. Der langhaarige Affe, der Wirrkopf mit dem Zauselbart neben ihm, ist Lars Poppinga aus Waddens. Dieser Kiffer gehört einer linken Gruppierung an. Beide haben etwas gegen die Verfilmung von Franz Radziwills Leben und bilden dagegen eine unheilige Allianz. Der Maler galt ja auf der einen Seite bei den Nationalsozialisten als Vertreter der entarteten Kunst. Deshalb sind die Glatzköpfe gegen die Verfilmung. Auf der anderen Seite war Radziwill lange Zeit ein glühender Verfechter des Nationalsozialismus. Deshalb befürchten die Linken eine Glorifizierung des Malers in der Verfilmung seines Lebens. Man mag es kaum glauben, aber ich habe es mit eigenen Augen gesehen. Bei der letzten Bürgerversammlung bei uns im großen Saal, als von den bevorstehenden Filmarbeiten berichtet wurde, protestierten die beiden jeweils gemeinsam mit ihren Gesinnungsgenossen dagegen. Während Raik Lawitzke, diese Dumpfbacke, immer ‚Ausländer raus' rief, obwohl Radziwill gar kein Ausländer war, störten diese Pseudolinken die Versammlung mit ihren ‚Radziwill-Naziwill'-Rufen."

Hergen Vesper, der andere Hotelmann, ergänzte die Schilderung seines Kollegen. „Diese Burschen sind ja nicht ungefährlich und belassen es bei ihren großspurigen Redensarten. Ich habe es in meinen vorigen Stationen in Rostock und Berlin erlebt. Das Gewaltpotenzial der Rechtsextremen ist größer. Die prügeln doch auf alles ein, was ausländisch aussieht. Die autonomen Linken, die in Berlin und Hamburg Autos anzünden, agieren nicht politisch orientiert, sondern sind Krawallmacher, die nur Randale machen wollen. Das beste Beispiel sind die Vorfälle im Hamburger Schanzenviertel, wo Linksradikale eine Polizeiwache in Brand gesetzt und mehrere Einsatzwagen der Polizei abgefackelt haben. Das politische Weltbild beider Gruppierungen ist doch reichlich verworren. Leider gibt es in der Bevölkerung Sympathisanten für beide."

„Komisch", meinte einer der Krabbenfischer, der bisher noch gar nichts gesagt hatte, „früher haben sich solche Leute bei jeder sich bietenden Gelegenheit die Fresse poliert, und jetzt machen sie gemeinsame Sache gegen diesen Film."

Er trank sein Bier aus und orderte eine neue Runde für den Stammtisch.

Kalle, der Wirt, hatte einiges von dem Gespräch mitbekommen. Ihn drängte es, etwas zum Thema beizutragen. Als er das Bier brachte, mischte er sich in das Gespräch ein: „Über die Filmerei in Dangast wurde auch auf unserer letzten Gaststätten-Verbandssitzung gesprochen. Die Kollegen in Varel und Dangast versprechen sich für die Dauer der Dreharbeiten einen erhöhten Umsatz. Einer der Kollegen, vielleicht kennt ihr ihn ja, Friedrich Kaupp, er führt die Schifferklause in Dangast, erzählte einen Witz, der aus Schauspielerkreisen stammen soll." Kalle nahm die leeren Biergläser an sich.

Hergen Vesper blickte zum Wirt neben sich hoch. „Und wie geht der Witz?"

Der räusperte sich. „Ganz einfach. Gehen zwei Schauspieler an einer Kneipe vorbei." Die Männer der Tischrunde blickten den Wirt an.

Der Wattyeti fragte: „Und weiter?"

„Nichts weiter", antwortete Kalle. „Schauspieler gehen nicht an einer Kneipe vorbei. Das ist der Witz!"

Einige der Stammtischbrüder lachten etwas gequält. Nur Focko Daul, der Hotelmann, hatte den Witz verstanden und lachte aus vollem Hals. Als er sich wieder beruhigt hatte, rief er Kalle, der inzwischen mit den leeren Gläsern zur Theke ging, hinterher: „Prima Witz. Darauf noch eine Runde Korn auf meine Kappe."

VAREL

Abends, nach dem ersten Drehtag, saß das Team der Valentine Production fast komplett im Restaurant Zum Wattwurm im Hotel Vareler Stern zum Essen zusammen.

Mittags war auch der Hauptdarsteller des Films, Tim Schumann, eingetroffen. Er hatte seinen ersten Einsatz als junger Franz Radziwill kurz vor Schluss der heutigen Dreharbeiten, am späten Nachmittag gehabt. Jetzt saß er am Tisch des Regisseurs Hanno Ahrens, um den sich noch der Kameramann Wolfgang Kluge, der Oberbeleuchter Bernd Röbge, die Kostümbildnerin Hella Rahde und Claudia Markus, die Continuity-Verantwortliche wie ein Hofstaat herumgeschart hatten.

Am Nebentisch hatten sich Ferdi Schönert, der exaltierte Nebendarsteller, der Set-Aufnahmeleiter Kai Schmidt, die Regieassistentin Monique Minthorn und Pille, der Produktionsfahrer, platziert.

An vier weiteren Tischen saßen verteilt der Requisiteur mit seinem Assistenten, die Beleuchter, die beiden Tonleute, die Kameraassistenten, der Maskenbildner Andy Lengner mit seiner Kollegin Uta Berling, zwei Praktikanten und drei Schauspieler, darunter Regina Schönefelder, die als Darstellerin von Franz Radziwills erster Frau Johanna Ingeborg verpflichtet worden war. Die divenhafte Schauspielerin war immer noch wegen des Vorfalls mit ihrem Wohnmobil beleidigt.

Tim Schumann, Typ Frauenversteher mit grauen Schläfen, führte am Tisch des Regisseurs das große Wort. Er sprach davon, dass er für die Salzburger Festspiele als nächster Jedermann gehandelt würde und seine künstlerische Heimat eigentlich nur das Theater sei.

„Aber von irgendetwas muss man sich ja seine kleinen Extravaganzen leisten können."

Damit spielte er auf die deutlich höheren Gagen bei Filmproduktionen gegenüber den gagen an Theatern an. Alle am Tisch wussten, dass seine Frauengeschichten viel Geld kosteten.

„Apropos kleine Extravaganzen", fuhr er fort und sprach die Kostümbildnerin Hella Rahde an, nachdem er sich mit einer kurzen Drehung umgesehen hatte. „Wo ist denn deine kleine, schnuckelige Assistentin, die ... wie heißt sie noch?"

Hella Rahde antwortete etwas spitz: „Meine kleine, schnuckelige Assistentin heißt Jenni und ist eine tüchtige junge Frau, die mir einen großen Teil meiner umfangreichen Arbeit abnimmt. Ich nehme an, dass sie schon ins Bett gegangen ist, nachdem wir vorhin die Garderobe für morgen vorbereitet haben. Sie war todmüde von der vielen Schlepperei."

Der Regisseur lenkte ab. Er blickte den Kameramann und den Oberbeleuchter an. „Wir wollen noch mal kurz über unsere Arbeit sprechen. In der Tagesdispo für morgen ist der Drehbeginn für acht Uhr festgelegt. Ich möchte mit Kamera und Beleuchtung eine Stunde früher am Set sein. Ich habe da so eine Idee, die ich mit euch vor Ort besprechen möchte."

Die beiden Männer nickten zustimmend.

Tim Schumann erhob sich. „Ich muss noch ins Drehbuch schauen und mich mit meinem ellenlangen Monolog für morgen beschäftigen." Damit verließ er den Tisch.

Irgendjemand aus der Runde rief ihm nach: „Verlauf dich nicht auf dem Weg in dein Zimmer."

Schumann blickte sich um. Er verstand, wie es gemeint war. „Keine Angst, ich gehe euch nicht verloren. Ich kenne mich hier aus. Ich habe nach dem Schauspielstudium mein erstes Engagement an der Landesbühne in Wilhelmshaven gehabt."

Er verschwand durch den inneren Restaurantausgang, der ins Hotel führte. Unbemerkt von den Filmleuten verließ er das Hotel durch den Vorderausgang zur Hauptstraße und winkte ein vorbeifahrendes Taxi heran.

Zehn Minuten später verließ auch Ferdi Schönert, unbemerkt von den anderen, das Hotel.

WILHELMSHAVEN

Das allein stehende Haus am Stadtrand war am First und ringsherum unter den Dachrinnen von Leuchtstofflampen eingerahmt. Neben der soliden Haustür, in der sich in Augenhöhe eine Klappe mit einem Guckloch befand, leuchtete in rotem Neon die überdimensionierte Hausnummer sechs.

Der großgewachsene Mann drückte die Klingel, die sich unter der Hausnummer befand. Nach kurzer Zeit wurde die Klappe von innen geöffnet und der Mann einer kurzen Überprüfung unterzogen. Die Prüfung schien positiv ausgefallen zu sein, denn während die Klappe wieder geschlossen wurde, öffnete sich gleichzeitig die Haustür.

Der Mann trat ein und kam gleich zur Sache. „Ist Annika heute da?"

Die Frau, eine aufgedonnerte Matrone, schüttelte bedauernd den Kopf. „Du warst wohl schon lange nicht mehr hier. Annika arbeitet seit zwei Monaten nicht mehr bei uns. Wenn du auf diesen Typ Frau stehst, kann ich dir unsere Ludmilla empfehlen, ganz frisch aus dem Osten."

Der Mann war skeptisch. „Eine osteuropäische Katalogbraut?"

„Ach was. Schau sie dir doch erst einmal an."

Die Empfehlung der Matrone schien auf den ersten Blick gut zu sein. Die Russin oder Deutschrussin oder Russendeutsche trug ein enges Kleid, welches zeigte, dass sie die Figur einer jungen Frau hatte. Nur das leicht faltige Dekolleté über den üppigen Brüsten ließ vermuten, dass sie mindestens vierzig war. Sie hatte ein etwas breites, slawisch wirkendes Gesicht mit hohen Wangenknochen, die ihr ein exotisches Aussehen verliehen. Ihre wohlgeformten Lippen waren tiefrot geschminkt. Die Deutschkenntnisse der Frau reichten aus, um mit ihrer tiefen, guttural klingenden Stimme ihre Preisvorstellungen zu äußern. Der Mann feilschte nicht. Er akzeptierte die geforderte Summe.

Nachdem das geklärt war, gingen sie die Treppe zu einem der im oberen Stockwerk liegenden Zimmer hoch. Der Mann legte das Geld auf den kleinen Tisch neben der breiten Liege, und die Frau zog sich aus. Der kleine, noch feste Hintern gefiel im besonders gut. Als auch er seine Kleidung abgelegt hatte, holte er aus seiner Jacke eine Weidengerte heraus.

Ludmilla schaute mit großen Augen. „Was soll das denn werden?"

Der Mann fackelte nicht lange. „Los, leg dich mit dem Bauch aufs Bett. Bevor ich es dir besorge, werde ich deinen kleinen Knackarsch versohlen."

Ludmilla war nicht blöd. „Gut, das kostet einen Hunderter extra, und auch das mit Vorkasse."

Der Mann brummte etwas Unverständliches, ging aber darauf ein und nestelte aus seiner Jacke einen Hunderteuroschein, den er auf den kleinen Tisch legte.

Er nahm die Weidengerte wieder hoch, schlug damit probehalber einmal leicht in seine Hand und ging zu Ludmilla, die auf dem Bett in Position lag, wobei ihr langes, kastanienbraunes Haar sich wie ein Fächer um ihren Kopf gelegt hatte. Er holte zum ersten Schlag aus und ließ die Weidengerte niedersausen. Die Gerte hinterließ auf dem Gesäß der Frau, die bei dem Schlag leise gestöhnt hatte, einen schwachen Striemen. Der Mann holte zum nächsten Schlag aus.

Das Watt

Eine kalte Nacht hatte die spätsommerliche Tageswärme abgelöst. Dunkelheit und Stille waren eingekehrt. Von See her hatte sich schwerer Nebel über das Watt und den Deich herangeschoben und ließ alle Unebenheiten verschwinden.

Der Mann war groß und kompakt. Er hatte ein Gesicht wie ein Bullterrier kurz vor dem Zupacken. Er trug einen Anorak, hatte einen dicken Wollschal um und sich eine Pudelmütze über die Ohren gezogen. Trotz seiner Stärke hatte er Mühe, die leblose Frau den Deich hinauf und auf der anderen Seite wieder hinunter ins Watt zu tragen. Er kannte sich aus. Trotzdem kam er ins Stolpern, als er in eine Muschelbank geriet. Die scharfen Ränder der Miesmuscheln schnitten in seine Füße, denn er war barfuß unterwegs war. Fluchend und leicht humpelnd lief er weiter. Seine Last, die er trug, schien immer schwerer zu werden.

Endlich hatte er wieder glatten Wattboden unter den Füßen und konnte etwas kräftiger ausschreiten. Der erste Priel erschien ihm nicht tief genug. Er musste weiter und einen finden, der genügend Wasser führte, um die Frau schnell in die Fahrrinne und dann in die offene Nordsee zu spülen.

Nach etwa zwanzig Minuten hatte er einen Priel erreicht, der ihm für sein Vorhaben geeignet erschien. Er ließ die Frau in das strömende Wasser hineingleiten. Aufatmend sah er schemenhaft in der Dunkelheit, wie der leblose Körper einige Meter davontrieb, bis er in der Nacht verschwand.

Auf dem Rückweg zum Deich umging er die Muschelbank und kam an einer Erhebung vorbei, auf der er die Silhouetten von drei Seehunden erkennen konnte. Er musste sich beeilen, um nicht selbst von der Flut überrascht zu werden.

Als er wieder auf der Deichkrone stand, hatte sich der Nebel mit dem Tidenwechsel unbemerkt verflüchtigt. Der Mann blickte noch einmal ins Watt, ohne etwas erkennen zu können. Ein Vogel flatterte auf. Dann war wieder Stille. Fröstelnd zog der Mann seinen Anorak enger, denn ein leichter Nieselregen hatte eingesetzt. Es rauschte vom Watt her. Ein eisiger Windstoß fuhr über ihn hinweg. Er machte sich schnellstens auf den Heimweg.

FEDDERWARDERSIEL

Im kleinen Hafen von Fedderwardersiel wurden die Krabbenkutter zum Auslaufen klargemacht. Auch auf dem nostalgisch anmutenden Ausflugsdampfer wurde die Maschine angelassen. Die ersten Touristen warteten schon am Kai, um mit der BELLA einen Törn in die Nordsee zu unternehmen.

Die Sonne war hinter niedrigen Wolken verborgen. Es schien aber trotzdem ein schöner Tag zu werden, denn der aufkommende leichte Südwind trieb die Wolken fort und die Sonne brach durch.

Die BELLA war fast ausgebucht. Als die Flut die nötige Höhe erreicht hatte, verließ das Schiff, begleitet vom Tross der Möwen, den Hafen und nahm Kurs auf den Leuchtturm Roter Sand.

Während die BELLA die Außenweser durchpflügte, erläuterte der Schiffsführer Eilert Harms über an Deck angebrachte Lautsprecher etwas über die Tide, dass die Flut ungefähr sechs Stunden dauert, in der der Wasserspiegel steigt, und dass er dann ebenso lange, bis zur totalen Ebbe wieder abfällt. „Immer im selben Rhythmus der Gezeiten."

Die überwiegend in der Sonne auf dem Oberdeck sitzenden Passagiere, die fast alle aus Nordrhein-Westfalen stammten, hörten interessiert zu. Unter dem lauten Gekreische der begleitenden Möwen passierte das Ausflugsschiff das an Steuerbord liegende Langwarden und hatte die graue Einöde der Nordsee vor sich.

Ein Krabbenkutter kam von See zurück. Auch hier wurde ein Schwarm Möwen vom Kielwasser des Kutters wie von einem Magneten angezogen.

Inzwischen jagten wieder einige zerrissene Wolken über den Morgenhimmel.

Der Schiffsführer erzählte den aufmerksamen Passagieren, dass der Schifffahrtsweg jetzt nicht mehr gezeitenabhängig sei, aber die

Rückfahrt rechtzeitig vonstatten gehen müsse. „Und zwar bevor der Hafen von Fedderwardersiel wieder trockenfällt, denn sonst sitzen wir im wahrsten Sinne des Wortes auf dem Trockenen. Sie sehen, meine Damen und Herren und liebe Kinder aus dem Binnenland, dass wir hier mit dem Tidenkalender leben, der unseren Tagesablauf bestimmt."

Gerade erklärte der Kapitän, dass an Bord der BELLA auch der Klabautermann und ein Kielschwein leben, als achtern ein Schrei ertönte.

„Da, ein Mensch im Wasser!"

Eilert Harms unterbrach seinen Vortrag und blickte von der Brücke über seine Schulter. Er nahm sein Fernglas und erkannte, dass die Frau, die den Schrei ausgestoßen hatte, richtig gesehen hatte. An Backbord trieb ein lebloser Körper. Sofort stoppte er die Maschine und manövrierte die BELLA zurück, während sein Bootsmann Hannes Wagner, der als Kartenabreißer und „Mädchen für alles" an Bord zuständig war, versuchte, den im Wasser treibenden Körper an einen Bootshaken zu bekommen. Der Kapitän kam hinzu, bat die gaffenden Leute zurückzutreten und gemeinsam wurde der Körper über die Reling gehievt und auf Deck auf dem Rücken abgelegt.

Es handelte sich – wie nicht zu übersehen war – um die Leiche einer jungen Frau. Die Tote hatte am Schädel eine schwere Verletzung. Über den Hinterkopf zog sich eine tiefe, klaffende Wunde. Die Augen der Frau waren vielleicht von Seevögeln gefressen worden, denn es waren nur noch leere Höhlen. Trotz dieser Verletzungen war zu erkennen, dass die Frau einmal sehr hübsch gewesen war. Sie hatte lange, blonde Haare und ein zartes Gesicht mit vollen Lippen. Der Hals und die Glieder waren anmutig geformt. Die Leichenstarre war schon von ihr gewichen, dadurch war das Fleisch über den Knochen erschlafft. Die Brüste lagen auf den Rippen, Mund und Kiefer hatten sich gelockert. Die Schamhaare waren zu einem schmalen Strich rasiert.

Eine korpulente Touristin, die sich nicht an die Anweisung des Kapitäns gehalten und sich ganz nach vorn bis an die Leiche gedrängelt hatte, konnte sich bei dem Anblick der toten Frau gerade noch rechtzeitig über die Reling beugen, bevor sie die drei Brötchen mit Käse und Marmelade vom Frühstück in einem würgenden Schwall erbrach. Sofort stürzten sich die immer hungrigen Möwen auf diese unverhoffte Mahlzeit.

„Arme Deern", murmelte der Bootsmann, während er eine Persenning über die Leiche breitete.

Der Kapitän war inzwischen auf die Brücke geeilt, um die Wasserschutzpolizei zu verständigen.

Während der Aktion hatte sich der Himmel urplötzlich verfinstert, und die schwappenden Wellen waren kabbeliger und bedrohlicher geworden. Ein plötzlich einsetzender Regenschauer ließ die Passagiere unter Deck flüchten. Ein Sturm mit Windstärke neun kam aus Westnordwest. Das Meer toste. Die Nordsee zeigte sich von ihrer brutalen Seite und reagierte so, als ob sie das Opfer nicht gern wieder hergegeben hätte.

Der Kapitän hielt sich nicht lange mit der Meldung an die Wasserschutzpolizei auf, sondern gab nur das Nötigste durch. Die Position des Leichenfundes trug er ins Logbuch ein. Vorrangig setzte er alles daran, die BELLA zurück in den sicheren Hafen zu bringen, denn erste schwere Brecher rollten über das Deck. Bevor die tote Frau von Bord gespült werden konnte, brachte der Bootsmann den Leichnam in eine kleine Kammer unter Deck. Das Schiff stampfte in der aufgewühlten See, und der Sturm war zum Orkan geworden. Fast horizontal peitschte der Regen über die BELLA.

Eilert Harms hatte sein Kapitänspatent vor zwanzig Jahren gemacht. Bis zur Übernahme der BELLA hatte er auf großer Fahrt alle

Weltmeere befahren. Ihn konnte nichts mehr erschüttern. Er hatte die heftigsten Stürme in der Biskaya erlebt und Kaventsmänner von vierzig Meter Höhe bei der Fahrt um Kap Hoorn überlebt. Er war ein Ruhe und Autorität ausstrahlender, besonnener Mann. Mit seiner bedächtigen Art versuchte er die verängstigten Passagiere zu beruhigen, während riesige Wellen die BELLA in die Höhe hoben und wieder in die Tiefe fallen ließen. Ein tiefes Dröhnen war in der Ferne zu hören, und plötzlich schlugen Hagelschauer gegen die Fenster des Salons. Einzelne Passagiere fingen angstvoll an zu wimmern. Der Weltuntergang schien nah. Auf den Tischen rutschte klirrend das Geschirr hin und her und wurde nur durch die Sturmkante vor dem Herunterfallen bewahrt. Mehrere Passagiere hatte die Seekrankheit gepackt. Einige saßen mit grauen Gesichtern apathisch auf ihren Stühlen, während andere sich in bereitliegende Tüten übergeben hatten. Zwei Männer bekämpften das Unwohlsein auf ihre Art. Sie ließen sich an der kleinen Bord-Bar vom Bootsmann einen Schnaps nach dem anderen einschenken. Die Therapie schien erfolgreich zu sein. Die Männer wurden nicht seekrank, waren aber stark betrunken.

Einer der beiden, ein typischer Ruhrpott-Kumpel aus Wanne-Eickel konnte nur noch lallen: „Jezz ham wir nichs mehr von dat Kielschwein gehört."

Die Antwort seines Zechkumpans ließ erkennen, dass er aus Berlin stammte: „Du Orje, vom Klabautermann hatta ooch nüscht mehr jesacht."

„Denn man prost, Atze", sagte der Ruhrpottkumpel, und beide hoben zum neunten Mal ihr Glas.

Nachdem die Gläser leer waren, meldete sich noch einmal der Berliner: „Eenen könn wa noch, wat?"

So plötzlich, wie das Unwetter gekommen war, verschwand es wieder. Der Sturm ließ nach, von Westen her rissen die Wolken auseinander, und die Sonne kam durch.

Inzwischen war die BELLA in der Wesermündung und hielt Kurs auf ihren Heimathafen Fedderwardersiel, wo sie von der Wasserschutzpolizei erwartet wurde.

SINSUM

Wenn man von Langwarden die Butjadinger Straße Richtung Burhave fährt, zweigt rechterhand kurz vor Burhave der Sinsumer Weg ab und führt direkt nach Sinsum.

Vor dem Ort stand hinter hochgewachsenen und verwilderten Büschen das verlotterte Anwesen. Es bestand aus einem reetgedeckten Wohnhaus, das einmal sehr repräsentativ gewesen sein musste. Jetzt zeigte es unübersehbare Spuren des Verfalls. Weiter bestand das Anwesen aus einigen kleinen Nebengebäuden, einer Scheune und Stallungen. Überall hatte der Zahn der Zeit genagt. In Scheune und Stallungen, die offensichtlich nicht mehr genutzt wurden, gab es kein Leben mehr, und am Tag schien die Sonne und nachts der Mond durch das zum Teil eingestürzte Dach auf allerlei Gerümpel, das die Besitzer über die Jahre hineingeworfen hatten.

Nicht mehr funktionierendes und verrostetes landwirtschaftliches Gerät wie eine alte Egge, eine ehemals mit der Hand betriebene Häckselmaschine, mehrere Sensen und Sicheln und andere Maschinenteile aus dem vorigen Jahrhundert lagen verstreut auf dem Hof herum.

Es war spätabends, als eine alte, etwas grobknochige Frau, die sich auf jugendlich getrimmt hatte, aus dem Haus trat. Sie war stark geschminkt und hatte die schlecht blondierten, grauen Haare zu einem Pferdeschwanz gebunden. Sie trug einen kurzen Rock und eine enge, weit geöffnete Bluse, so dass ein Teil ihres welken Busens zu sehen war.

Mathilde Koller-Elberfeld nahm die Zigarette aus dem Mundwinkel und rief ihre Katzen. „Miez, Miez, Miez."

Aber kein Tier ließ sich auf dem Hof blicken.

Die Frau wollte gerade wieder ins Haus gehen, als sie das Motorgeräusch eines herannahenden Autos hörte. Sie blieb vor ihrer Haustür stehen und beobachtete, wie ein klappriger, älterer VW-Bus auf den Hof gefahren kam. Der Fahrer schlängelte sich durch herumliegende Schrottteile und hielt kurz vor der Frau an. Aus dem Wagen stieg Gunthram Vallay. Sofort wurde er von der Frau mit einem Schwall von Vorwürfen überhäuft.

„Wo warst du den ganzen Abend? Ich weiß nie, wo du dich immer herumtreibst. Bestimmt hast du wieder getrunken und sonst was angestellt. Ich finanziere dein Auto und das Segelboot, lasse dich ohne Kostenbeteiligung in meinem Haus wohnen, und du dankst es mir, indem du dich nie um mich kümmerst. Außerdem wolltest du dich längst um ein Engagement bemühen. Aber das wird wohl auch so ein Windei wie deine hochtrabenden Filmpläne."

Damit drehte sie sich um und ging ins Haus zurück.

Gunthram Vallay, der noch am Wagen stand, warf die Fahrzeugtür zu und folgte der Frau ins Haus, wo er sah, wie sie sich eine Flasche und ein Glas aus einer Kredenz holte und sich einen dreifachen Scotch einschenkte.

Das verstärkte die Wut, die nach der Tirade der Frau in ihm hochgestiegen war. „Du versoffene alte Vettel wirfst mir vor, dass ich trinke, wo du nur noch an der Flasche hängst und dabei noch rauchst wie ein Schlot. Und was das Boot angeht, das ist doch nur noch ein löchriger, alter Kahn, und bei der Rostlaube von einem Auto zu sprechen, ist ein Witz. Und in deiner Bruchbude, die du Haus nennst, wohne ich doch nur, weil du mich auf Knien darum angefleht hast. Du bist doch froh, dass es in deinem Leben überhaupt noch einen Menschen gibt. Was meine Theater- und Filmpläne angeht, habe ich noch eher eine Chance als du mit deinen Träumen von einem Engagement. Dich kennt doch keine Sau mehr. Dass du vor vierzig Jahren mal eine große Nummer im Filmgeschäft warst und Rekordgagen bekommen hast, weiß heute auch kein Mensch mehr."

Mathilde Koller-Elberfeld hatte ihr Glas inzwischen ausgetrunken. Tränen liefen über ihre faltigen Wangen. Sie machte zwei Schritte und warf sich dem jüngeren Mann an den Hals. Ihn fest umklammernd, hing sie schluchzend an seiner Schulter.

„Ach Gunthram, entschuldige bitte, ich liebe dich doch und habe nur dich."

Angeekelt löste der Mann die Hände der Frau und schob sie von sich weg.

„Lass mich zufrieden, du alte Schachtel."

Jetzt noch lauter schluchzend, ging die Frau wieder zur Kredenz, wo sie sich noch einen großen Schluck Scotch einschenkte. Dann griff sie wieder zur Zigarettenschachtel.

DANGAST, DIE ZWEITE

Dem Set-Aufnahmeleiter Kai Schmidt fiel als Erstem auf, dass Jenni, die Assistentin der Kostümbildnerin, fehlte, als er im Geiste die nacheinander am Set eintreffenden Teammitglieder abhakte. Auf dem Verteiler der Tagesdispo war sie aufgeführt. Sie hätte pünktlich da sein müssen. Kai Schmidt sprach mit Hella Rahde, die sich die Verspätung ihrer Assistentin nicht erklären konnte. Ein Anruf auf ihrem Mobiltelefon brachte auch keine Klarheit. Es kam keine Verbindung zustande. Der Anruf im Hotel in Varel ergab, dass Jennifer Schorn die Nacht gar nicht in ihrem Bett verbracht hatte. Nach einer Rundumbefragung stellte sich heraus, dass nur die Regieassistentin Monique Minthorn die Assistentin noch kurz vor dem Abendessen gesehen hatte.

„Ich habe, um mir noch etwas Appetit zu holen, einen Spaziergang in Richtung Schleuse gemacht. Dort habe ich Jenni gesehen. Wir haben uns kurz zugewunken, und ich bin dann zurück zum Abendessen gegangen. Gesprochen habe ich mit ihr nicht mehr."

Inzwischen war der Produktionsleiter Jesko Durke aus seinem Büro aus Hamburg in Dangast eingetroffen. Der Autorität ausstrahlende, bullige Mann ergriff sofort die Initiative und entschied, dass eine Vermisstenmeldung gemacht werden müsse. Dann bat er Hella Rahde, ihre Arbeit bis zur Klärung dieses Falles, wie er sagte, ohne Assistentin zu machen.

Mit einer längeren Verzögerung – inzwischen war die örtliche Polizei über das rätselhafte Verschwinden der jungen Frau informiert worden – begannen die Arbeiten des neuen Drehtages. Laut Tagesdisposition sollten acht Bilder mit unterschiedlich vielen Einstellungen gedreht werden. Es handelte sich um Innenaufnahmen, die alle in einem angemieteten und von der Ausstattungsabteilung und der Außenrequisite hergerichteten Bauernhaus gedreht werden sollten.

Beim Dreh des fünften Bildes, das im Eingangsbereich des Hauses bei geöffneter Haustür spielte, setzte plötzlich heftiger Regen ein. Es wurde abgebrochen und ein totales Innenbild vorgezogen. Die erste Einstellung des letzten Bildes wurde gedreht. Der Regisseur Hanno Ahrens erklärte seinen beiden Hauptdarstellern gerade seine Auffassung einer Szene, in der die beiden einen längeren Dialog hatten, als die Dreharbeiten abermals unterbrochen werden mussten.

Der Aufnahmeleiter stellte zwei Kripobeamte aus Wilhelmshaven vor: Jeanette Alt, eine gutaussehende, schlanke, etwa fünfunddreißigjährige Frau mit langen, dunklen Haaren. Neben ihrer Attraktivität strahlte sie eine große Selbstsicherheit aus. Ihr Auftreten ließ erkennen, dass sie wusste, was sie wollte. Ihr junger Kollege war Enno Bollmann. Er war von imposanter Statur und sah etwas einfältig aus. In der Hand hatte er ein Notizbuch, in das er offensichtlich Befragungsergebnisse eintragen wollte.

Jeanette Alt erklärte den Grund ihres Besuches am Set. „Wir sind von unseren Kollegen aus Nordenham verständigt worden, dass die Leiche einer jungen Frau gefunden worden ist, auf die die Beschreibung Ihrer vermissten Kollegin zutreffen könnte. Wir müssen jemanden von Ihnen bitten, uns nach Nordenham zu begleiten, um die Tote zu identifizieren. Die Vorschriften besagen zwar, dass ein Angehöriger dabei sein muss, aber wir möchten schon mal Klarheit bekommen. Die Angehörigen der Vermissten sind informiert, werden aber erst morgen aus Süddeutschland hier eintreffen."

Mehrere Teammitglieder fingen an zu weinen.

„Wie ist das Unglück passiert?" kam eine Frage vom Oberbeleuchter Bernd Röbge.

„Es war kein Unglück, es war Mord oder Totschlag", sagte die Kommissarin und ergänzte die Feststellung: „Die Tote, die aus dem Wasser geborgen wurde, hatte erhebliche Verletzungen, die auf Gewalteinwirkung schließen lassen. Ob sie ertrunken ist oder schon vorher diesen Verletzungen erlegen ist, wird die angeordnete Obduktion ergeben. Wenn es sich bei der Toten um Ihre Kollegin handelt, sind wir für die Aufklärung des Falles zuständig und werden uns dann in Kürze wieder bei Ihnen melden. Darf ich Sie jetzt also bitten ..."

Jesko Durke, der Produktionsleiter, der bei der einsetzenden Diskussion einen kühlen Kopf behalten hatte, ergriff das Wort. „Selbstverständlich, ich komme mit Ihnen, und Frau Rahde, unsere Kostümbildnerin, kommt auch mit."

Er nickte Hella Rahde zu, die sofort versicherte: „Ja klar, ich werde hier im letzten Bild nicht unbedingt benötigt."

Sie blickte dabei zum Regisseur, der sein Einverständnis gab.

Als die vier das Set verlassen hatten, wurde die Diskussion noch lebhafter, und wilde Spekulationen und Theorien wurden erörtert.

Der Regisseur beendete die ins Kraut schießenden Gespräche.

„Schluss jetzt mit dem Gerede. Noch steht gar nicht fest, ob es sich bei der Toten um unsere Jenni handelt. Lasst uns die letzte Einstellung bitte zu Ende bringen; also Ton ab ..."

DAS WATT, DIE ZWEITE

In der Nacht hatte es stark geregnet. Als der Mann gegen sieben Uhr aufgestanden war, hatte er einen dumpfen Schmerz im Kopf gespürt, und die Wut war wieder in ihm hochgekommen. Eine Wut, die er nicht in den Griff bekam. Es musste wieder sein, hatte er schon am Morgen gewusst.

Es war ganz einfach gewesen, die Frau in seine Gewalt zu bekommen. Abends, nach Drehschluss hatte er auf einen günstigen Moment gewartet und die Maskenbildnerin abgepasst, als sie vor ihrem Hotel etwas frische Luft schnappen oder eine Zigarette rauchen wollte. Er hatte sie in ein Gespräch verwickelt, und sie hatte ihm geglaubt, als er sie unter einem Vorwand bat, ihm die paar Schritte zum kleinen Hafen zu folgen.

Wie naiv sie doch gewesen war. Ganz brav war sie mitgekommen.

Jetzt saß sie mit angstverzerrtem Gesicht mit ihm in einem Segelboot, in dem die Segel nicht gesetzt waren. Es wurde von einem alten Außenbordmotor, der hin und wieder Aussetzer hatte, angetrieben. Sie hatte erkannt, dass sie in eine Falle geraten war.

Er hatte ihre Füße zusammengebunden und ihr mit einem Knebel den Mund verschlossen. Er wusste nicht, dass sie selbst bei voller Bewegungsfreiheit nicht über Bord gesprungen wäre, denn schwimmen konnte sie nicht. Auch die Knebelung wäre nicht nötig gewesen, denn in der Weite des Jadebusens, auf dem mit der einbrechenden Nacht kein Schiff mehr war, hätte niemand ihre Schreie gehört.

Ein starker Ostwind hatte den ganzen Tag gezaust und graue Wolkenfetzen vor die Sonne getrieben. Mit dem Tidenwechsel waren die Wolken verschwunden, aber dafür war Nebel aufgetaucht und hatte sich wie ein Ölfilm auf die Wasseroberfläche gelegt. Grau dehnte sich die See, und sie fuhren durch die Wände der dicken Nebelbänke. Es war abfallendes Wasser, und der Mann rechnete aus, dass die Ebbe in einer Stunde ihren tiefsten Stand erreicht haben musste. Noch hatten sie die schwappenden Wellen des Jadebusens vor sich.

Es war das erste Mal, dass der Mann sprach, seit er die Frau gefesselt hatte. „Frauen an Bord bringen Unglück, sagt ein alter Seemannsspruch. Deshalb musst du weg."

Der Mann spürte, wie eine neue Welle der Beunruhigung durch die Glieder der Frau brandete. „Es wird nicht mehr lange dauern", fuhr er fort, „wir haben die Fahrrinne für die Tanker nach Wilhelmshaven gleich erreicht, und davor lassen wir uns trockenfallen."

Inzwischen war das Wasser so weit gesunken, dass das Boot schon einige Male mit dem Kiel Grundberührung hatte. Und dann war es so weit. Das Boot schlingerte und machte keine Fahrt mehr. Der Mann stellte den Motor ab. Es dauerte nicht lange, und es legte sich leicht zur Seite.

Der Mann sah die Frau an. Jetzt, da er sich nicht mehr mit dem Manövrieren des Bootes beschäftigen musste, stieg wieder eine grenzenlose Wut in ihm hoch und staute sich auf. Diese Wut brauchte ein Ventil. Er hatte sich plötzlich nicht mehr unter Kontrolle. Mit beiden Händen umschloss er den Hals der Frau und drückte zu, bis die Augen seines Opfers hervorquollen, der Mund sich schloss und die gurgelnden Laute verstummten. Er ließ die Hände von der Frau, die daraufhin wie ein nasser Sack aufs Schiffsdeck fiel und die Schräge ein Stück herunterrutschte. Als die Frau tot war, gelang es ihm, die Kontrolle über sich selbst wiederzugewinnen. Er packte den Körper unter den Armen und zog ihn schleifend zur Fahrrinne.

Nachdem er sich aufgerichtet und ein paarmal tief durchgeatmet hatte, bückte er sich zur Frau hinunter und stieß sie mit beiden Händen ins Wasser. „Den Rest machen sicher die Schiffsschrauben der Öltanker", murmelte er, „da bleibt nicht viel von dir übrig."

Er ging zurück zum Boot und nahm aus dem Werkzeugkasten ein Beil. Mit wuchtigen Hieben schlug er ein Leck in den Schiffsboden. Das Beil schleuderte er dann in hohem Bogen in die Fahrrinne. Inzwischen hatte ihn wieder die bleierne Schwere seiner Depressionen beschlichen, und er spürte, wie aus dem Watt ein muffiger Geruch nach abgestorbenem Seegras aufkam. Er musste sich schnellstens zurück auf den Weg zum Deich machen, damit es kein Wettlauf mit der aufkommenden Flut würde. Das Durchschwimmen oder Durchwaten einiger Priele würde für ihn kein Hindernis darstellen.

IM KOMMISSARIAT

Jeanette Alt stammte aus Berlin. Aufgewachsen in Kreuzbergs finsterster Ecke um die Skalitzer Straße – ihr Vater sagte noch immer SO 36 –, hatte sie nach ihrer Polizeiausbildung schnell Karriere gemacht. Sie galt damals als Berlins jüngste Kommissarin. Nach verschiedenen Stationen wurde sie schließlich in den Ostteil der Stadt versetzt und durfte sich am Prenzlauer Berg und in Friedrichshain mit den Gesetzesbrechern der Hauptstadt beschäftigen. Sie erlebte die Schickimickisierung und Gentrifizierung des Stadtteils mit der einfallenden Pest der arroganten Jungakademiker aus der westdeutschen Provinz wie Mülheim/Ruhr, Castrop-Rauxel, Wanne-Eickel oder Halstenbek-Krupunder mit. Als dann auch noch ihre erste große Liebe zerbrach, hatte sie von Berlin die Schnauze voll, wie sie einer Freundin gestand. Sie nahm die erste Gelegenheit wahr, sich versetzen zu lassen und landete an der Nordseeküste.

Sie hatte sich gerade einen Kaffee geholt – an den landesüblichen Tee hatte sie sich nicht gewöhnen können –, als ihr Kollege Enno Bollmann mit einem kräftigen „Moin" hereinkam. Für den jungen Beamten war es die erste Station nach der Ausbildung zum Kommissar. Er sah aus wie ein Küstenbewohner aus dem Bilderbuch: auf dem breiten Schädel strohblonde Haare, braungebrannt und von kräftiger Statur. Er war gebürtiger Ostfriese. Seine Eltern waren mit ihm als Kleinkind aus Emden an den Jadebusen gezogen. Er war dort aufgewachsen und kannte sich mit Land und Leuten aus. Das war für die Vorgesetzten auch der Grund, Enno Bollmann der erfahrenen, aber ortsunkundigen neuen Kollegin aus Berlin an die Seite zu stellen. „Als Juniorpartner oder als Copilot", wie er zu ihr gesagt hatte, als die beiden miteinander bekanntgemacht worden waren. Sie hatte das nicht weiter kommentiert.

Das Erwidern des Grußes ihres jungen Kollegen mit einem ebenso kräftigen „Moin" ging ihr schon ganz gut von den Lippen.

Nachdem Enno Bollmann sich einen Tee – keinen Beuteltee, wie er Jeanette Alt gegenüber schon ein paarmal erwähnt hatte – gebrüht hatte, setzte er sich an seinen Schreibtisch, der Vorderseite an Vorderseite mit dem von seiner Kollegin stand, holte einen Apfel aus seiner Jackentasche und begann ihn mit seinem Taschenmesser zu schälen. Dann schaute er die Kommissarin mit großen Augen an.

Die kam – nachdem sie etwas irritiert auf das Messer und den Apfel gesehen hatte – auch zur Sache: „Also, nachdem die beiden Filmleute gestern Abend – wie wir ja miterlebt haben – die Tote eindeutig als die vermisste Jennifer Schorn identifiziert haben, liegt uns inzwischen der Obduktionsbefund vor. Die Frau ist nicht ertrunken, sondern wurde mit einem Gegenstand aus Metall", sie blickte kurz in den Bericht der Pathologie und fuhr fort, „vermutlich einem Schäkel, steht hier, erschlagen. Es waren zehn kräftige Schläge, die mit großer Wucht ausgeführt wurden. Außerdem gibt es einige Verletzungen am Körper der Frau, die aber von der unsachgemäßen Bergung der Leiche mit einem Bootshaken herrühren."

Enno Bollmann nahm einen Bleistift aus dem Mund, den er sich gedankenverloren statt eines Apfelschnitzes hineingeschoben hatte. „Unsachgemäße Bergung der Leiche", wiederholte er. „Es war übrigens die erste Leiche, die ich in meinem Leben gesehen habe. Meine Eltern und Großeltern leben ja noch. Und auf den Beerdigungen, auf denen ich bisher war, lagen die Verstorbenen im verschlossenen Sarg."

Jeanette Alt blickte wieder auf den Obduktionsbefund. „Ja, dann gibt es noch erhebliche Verletzungen im Vaginalbereich, die auf eine brutale Vergewaltigung hindeuten. DNA, also Sperma, Haare, Spuren unter den Fingernägeln des Opfers und so weiter, ist nach der Zeit im salzigen Meerwasser nicht mehr feststellbar, obwohl die Leiche nicht länger als vierundzwanzig Stunden im Wasser gelegen haben soll."

Die Kommissarin blickte vom Obduktionsbefund hoch und Enno Bollmann an. „Mit einem Schäkel – was ist das, ein Schäkel?"

Ihr junger Kollege, der in seiner Freizeit Segler war, konnte die Landratte aus Berlin aufklären. „Schäkel werden vor allem in der Schifffahrt eingesetzt. Man versteht darunter einen hufeisenförmigen, mit einem Schraub- oder Steckbolzen verschließbaren Bügel zum Verbinden zweier Teile. Durch die gebogene Ausformung wird eine gewisse Beweglichkeit der Verbindung gewährleistet. Angefertigt werden diese Dinger aus Stahl."

Er nestelte seitlich an seinem Hosenbund und schob der Kollegin sein Schlüsselbund hinüber. „Sieh es dir an. Meine Schlüssel habe ich mit einem Minischäkel mit Karabinerhaken gesichert; eine Spielerei. Auf dem Jubiläumsfest meines Segelclubs hat jedes Mitglied so'n Ding mit eingraviertem Vereinslogo bekommen. Schäkel aus Yacht- und Transportschifffahrt sind natürlich deutlich größer und schwerer und können Lasten bis zu einem Gewicht von zig Tonnen sichern. Ein 40-Tonnen-Schäkel wird so um die zwanzig Kilo wiegen. Das reicht ja sicher aus, um damit jemanden den Schädel einschlagen zu können."

Jeanette Alt verzog keine Miene und schob, nachdem sie den Karabinerhaken von Enno Bollmanns Schäkel mehrfach auf- und zuschnappen lassen hatte, das Schlüsselbund wieder zurück. „Sehr niedlich. Die Dinger kenne ich. Mir war nur nicht klar, dass diese Spielzeuge Schäkel heißen. Vielen Dank für die Aufklärung einer Landratte."

Sie stand sie auf. „Komm, wir müssen uns heute mal in Dangast bei den Dreharbeiten umsehen und umhören. Und das gleich."

Enno Bollmann warf die Apfelschalen in den Papierkorb und führte noch schnell seine Teetasse zum Mund, als sich die Tür ihres

Büros öffnete. Ein Kollege aus dem Innendienst kam herein, legte der Kommissarin die Kopie eines Formulars auf den Schreibtisch und sagte: „Moin, das sieht nach viel Arbeit für euch aus. Die Filmleute aus Dangast haben eben angerufen; die vermissen schon wieder eine junge Frau." Damit verschwand er wieder.

Enno Bollmann kam um die Schreibtische herum, und sie konnten gemeinsam lesen, dass es sich bei der Vermissten um die Maskenbildnerin Uta Berling von der Valentine Production handelte. Sie war heute nicht zu den Dreharbeiten erschienen, und genau wie bei Jennifer Schorn, war auch sie über Nacht nicht im Hotel gewesen; jedenfalls nicht in ihrem Bett, denn das war unberührt.

Jeanette Alt stieß Enno Bollmann mit der Faust in die Seite: „Mach den Mund zu und komm. Wir wollen los."

Auf der Fahrt zum Filmset dachte die Kommissarin laut: „Eine Tote und eine Vermisste. Beide aus dem Team, das hier am Jadebusen einen Film dreht. Da muss es doch einen Zusammenhang geben."

Enno Bollmann dachte auch laut: „Eine Tote und eine Vermisste? Oder eine Tote und eine Entführte, die auch schon tot ist."

„Vielleicht erfahren wir gleich mehr", meinte die Kommissarin.

DANGAST, DIE DRITTE

Heute wurden Außenaufnahmen gedreht. Als die beiden Beamten am Set eintrafen, wurden sie unfreiwillig Zeugen einer Auseinandersetzung zwischen dem Regisseur Hanno Ahrens und dem Darsteller des Franz Radziwill, Tim Schumann.

„Nein, und wenn wir es noch zwanzigmal probieren", schrie der Hauptdarsteller mit hochrotem Kopf, „so kann ich diese Szene nicht spielen! Wenn eine Idee Scheiße ist, muss man sich auch mal von ihr trennen können."

Der Regisseur, der auch das Drehbuch geschrieben hatte, beschwichtigte den aufgebrachten Darsteller: „Okay, okay, ich schreibe das um."

Diesen Moment nutzte der Aufnahmeleiter, den Dreh zu unterbrechen und dem Regisseur die Ankunft der beiden Kriminalbeamten zu melden. Zuvor hatte er den Beamten erklärt, dass die Dreharbeiten nach dem rätselhaften Verschwinden von Uta Berling weitergehen würden und dass ein Ersatz für die vermisste Maskenbildnerin bereits auf der Anreise sei. Bis zum Eintreffen dieser Kollegin würde Andy Lengner die Arbeiten allein schaffen.

Jeanette Alt begrüßte die anwesenden Filmleute.

„Zur Todesursache von Frau Schorn liegt uns inzwischen der Obduktionsbericht vor. Frau Schorn ist nicht ertrunken, sondern wurde mit einem Metallgegenstand – vermutlich einem großen Schäkel – erschlagen. Der Leichnam gelangte erst nach der Tat in die Nordsee. Sie können sich sicher vorstellen, dass wir in alle Richtungen ermitteln müssen. Dazu gehört, dass wir Sie über den Ablauf des Abends, an dem Frau Schorn verschwunden ist, befragen müssen. Diese Befragung soll einzeln stattfinden. Die Aufnahmeleitung hat uns dafür das dritte Wohnmobil zur Verfügung gestellt." Dabei zeigte sie in Richtung der Wohnmobilreihe, wo in diesem Moment Regina

Schönefelder ihr Wohnmobil verließ und in aufgelöstem Zustand auf die Gruppe zulief.

„Die Toilette in meinem Wagen ist ja total verstopft, und es riecht bestialisch. Wie soll ich mich darin in den Drehpausen denn entspannen?" sprudelte sie los, ohne die Beamten zu beachten.

Kai Schmidt behielt die Ruhe. Er rief Pille heran und bat ihn, die Sache in Ordnung zu bringen. Pille nickte und spurtete los.

Jetzt meldete sich der Regisseur zu Wort: „Gut, dann sollten wir die Befragung schnellstens hinter uns bringen, damit wir weiterdrehen können. Jede Stunde Drehzeit kostet uns bares Geld."

„Fangen wir mit Ihnen doch gleich an", sagte die Kommissarin, und der Regisseur begab sich mit den beiden Beamten zum Wohnmobil.

Nachdem Jeanette Alt und Enno Bollmann die meisten der Teammitglieder, ohne nennenswerte Erkenntnisse gewonnen zu haben, befragt hatten, wurden sie im Gespräch mit Monique Minthorn hellhörig. Die Regieassistentin hatte die tote Jennifer Schorn und die vermisste Uta Berling jeweils als Letzte gesehen.

Die Kommissarin fragte: „Ist Ihnen an den Kolleginnen etwas aufgefallen? Haben sie sich anders verhalten als üblich?"

Monique Minthorn dachte nach. „Nein, aufgefallen an ihrem Verhalten ist mir nichts. Aber eine Bemerkung über eine Bekanntschaft hat die Jenni vorher mal gemacht."

„Wann war das, und um was für eine Bekanntschaft ging es da?"

„So genau weiß ich es nicht mehr. Es muss in einer Drehpause der ersten Tage gewesen sein. Wir sind ja zum Arbeiten hier. Da wird während der Dreharbeiten nicht viel über Privates gesprochen. Nur mit der Jenni, da ist das ...", die Regieassistentin schluckte und korrigierte sich, „da war das anders. Wir haben uns auch mal über Privatdinge unterhalten. Wir kennen uns schon länger und haben gemeinsam in einigen Produktionen gearbeitet."

Enno Bollmann, der sein Notizbuch und einen spitzen Bleistift in der Hand hatte, wurde etwas ungeduldig. „Und was war das nun mit der Bekanntschaft?"

Die Regieassistentin war etwas erschrocken über den schroffen Ton des jungen Beamten. Sie schluckte noch einmal und antwortete darauf ausführlicher. „Sie hat beiläufig erwähnt, dass sie kurz nach der Ankunft hier in Dangast einen interessanten Mann kennengelernt hätte. Er soll hier auf einem Campingplatz seinen Urlaub verbringen. Ich habe gefragt: ,Auf einem Campingplatz?' Sie hat noch gelacht und gefragt: ,Kann man attraktive Männer nur in Vier-Sterne-Hotels kennenlernen?' Da musste ich ihr ja recht geben. Attraktive Männer sind dünn gesät; jedenfalls Solomänner ohne Altlasten." Dabei blickte sie die Kommissarin an, die ihr innerlich beipflichtete, und fuhr fort: „Und wenn man mal einen kennenlernt, dann ist es doch piepegal, ob er seinen Urlaub auf einem Campingplatz oder in einem Top-Hotel verbringt."

Jeanette Alt verdrängte den Gedanken an attraktive Solomänner ohne Altlasten und fragte weiter. „Hat sie gesagt, auf welchem Campingplatz der Mann Urlaub macht?"

„Nein, aber es muss einer sein, der hier ganz in der Nähe liegt. Sie hat sich ja nur in der Umgebung unseres Hotels in Varel und hier am Drehort in Dangast aufgehalten."

Enno Bollmann hatte gedanklich auch einen Moment an die Bemerkung über die dünn gesäten, attraktiven Solomänner ohne Altlasten verschwendet, war jetzt aber wieder ganz bei der Sache. „Hat sie noch etwas über den Mann gesagt? Über sein Aussehen, was er von Beruf ist, wo er herkommt?"

Monique Minthorn wirkte etwas gequält. „Nein, nichts darüber. Wir haben ja nur ganz kurz über diese Bekanntschaft gesprochen. Mehr kann ich Ihnen wirklich nicht sagen."

Die Kommissarin kam auf die vermisste Kollegin zu sprechen. „Können Sie uns etwas zu der Maskenbildnerin sagen, zu Frau ..."

„Berling, Uta Berling", ergänzte Monique Minthorn.

„Ja, sind Sie mit Frau Berling ebenfalls befreundet?"

Die Regieassistentin schüttelte den Kopf. „Nein, die Uta ist eine Kollegin wie alle anderen. Aber es scheint so, als ob ich auch sie als Letzte vor ihrem Verschwinden gesehen habe."

Enno Bollmann wollte es genauer wissen: „Wann und wo?"

„Es war nach dem Abendessen vor dem Hotel. Tagsüber bei der Arbeit rauche ich ja nicht. Aber nach dem Essen gönne ich mir immer eine Zigarette. Der Uta geht es wohl ebenso. Ich stand schon draußen, als sie herauskam und sich eine anzündete. Wir haben noch kurz über das Wetter gesprochen, weil am nächsten Vormittag wieder Außenaufnahmen anstanden, und ich bin dann wieder hineingegangen."

Jetzt hakte die Kommissarin nach: „Und Sie haben nicht gesehen, dass Frau Berling wieder hereingekommen ist?"

„Nein, ich bin ja bald darauf auf mein Zimmer gegangen. Ich war nach dem langen Drehtag todmüde."

Jeanette Alt bedankte sich bei der Regieassistentin und sagte zu ihrem Kollegen: „Der Nächste bitte."

Nachdem sie das gesamte Team – Regie, Kamera, Licht, Ton, Kostüm, Requisite, Maske, Aufnahmeleitung, Continuity, Praktikanten, Setfahrer und Darsteller – befragt hatten, blieben sie noch eine Weile vor Ort und zogen ein Resümee.

„Also ganz klar kein Alibi für die beiden Abende des Verschwindens der Frauen haben Tim Schumann, Ferdi Schönert und dieser Setfahrer Pille; um deren Vergangenheit solltest du dich mal kümmern", meinte Jeanette Alt.

„Ja", antwortete Enno Bollmann und steckte sein Notizbuch in die Innentasche seiner Jacke, „und um die Regieassistentin Monique

Minthorn. Es ist doch seltsam, dass nur sie die beiden Frauen als Letzte vor ihrem Verschwinden gesehen haben will."

Die Kommissarin atmete tief durch. „Ja, auszuschließen ist nichts, obwohl ich ihre Aussagen zu der neuen Bekanntschaft ihrer Kollegin glaubhaft finde. Und was diesen Ferdi Schönert angeht, der hatte doch – so habe ich das aus den Aussagen der Befragten herausgehört – mit allen Frauen am Set Ärger, speziell mit der Toten und der Vermissten. Das ist doch schon fast ein Motiv."

„Ja, aber halten wir mal fest: Tim Schumann behauptet, er sei an beiden Tagen früh schlafen gegangen. Und das allein. Ferdi Schönert ist – wie hat er das formuliert", er griff in seine Jackentasche und blickte in seinen Notizblock, „um die Häuser gezogen. Auch allein. Und an die besuchten Kneipen kann er sich nicht erinnern. Zeugen für seine Sauftouren gibt es also nicht. Für mich steht fest: Entweder stimmt seine Aussage nicht oder er war total besoffen. Andererseits, zwei Nächte hintereinander total besoffen und am nächsten Tag textsicher seinen Job machen? Dann haben wir noch den Setfahrer Pille. Der hat an beiden Abenden angeblich einen Spaziergang auf dem Deich gemacht. Drei Männer ohne Alibi, die als Täter in Frage kommen." Enno Bollmann klappte seinen Notizblock wieder zu.

Die Kommissarin gab ihm recht. „Also konzentrieren wir uns erst einmal auf diese drei. Die beiden Mitarbeiter der Cateringfirma sind schon früh am Nachmittag nach Oldenburg zurückgefahren, und die fünf Komparsen waren an dem Tag auch nur am Vormittag im Einsatz. Diese Leute können wir von unseren Recherchen sicher ausnehmen. Aber auf dem Campingplatz drüben sollten wir uns mal umhören, ob der Mann, den die junge Kostümbildnerin so attraktiv fand, dort bekannt ist. Wenn er wirklich alleinstehend ist, wird er aufgefallen sein. Ich bin zwar keine Camperin, aber ich denke, dass alleinstehende Männer auf Campingplätzen auffallen."

Enno Bollmann nickte, war in Gedanken aber noch bei den Männern ohne Alibi. „Der Täter muss eigentlich ein völlig durchgeknallter Typ sein. Danach sieht keiner dieser Männer aus."

„Muss er auch nicht. Solchen Tätern sieht man ihre Krankheit ja nicht an. Menschen, die psychisch krank sind, hören Stimmen in ihrem Kopf, die ihnen Befehle geben. In unserem Fall lauten diese Befehle womöglich, bestimmte Frauen zu entführen und zu töten. Vielleicht sind es Frauen, die ihn in seiner Phantasie sexuell erniedrigten und quälten. Er musste sie bestrafen. Wie gesagt, solche Täter sind kranke Menschen."

„Hm, hm", machte Enno Bollmann. „Lass uns zum Campingplatz rübergehen."

Leise verließen die beiden den Drehort, denn es wurde gerade eine Szene mit mehreren Darstellern in einem Gespräch gedreht. Über den Schauspielern hing die Angel des Tonmannes.

CAMPINGPLATZ

Die beiden Kriminalbeamten ließen ihren Wagen in der Nähe des Filmsets stehen. Die kurze Strecke zum Campingplatz, der auf der anderen Straßenseite in Sichtweite des Deiches lag, gingen sie zu Fuß.

Auf dem Weg dahin äußerte Enno Bollmann Bedenken über den Sinn der Unternehmung: „Diese Camper leben in ihrer kleinen Welt. Dicht an dicht, dass der eine dem anderen in die Suppe spucken kann. Wenn da einer einen Furz lässt, wackeln beim Nachbarn die Wände. Ein Verbrechen würde dort sofort auffallen."

„Abwarten, lieber Herr Kollege. Wenn wir dort nichts herausfinden, müssen wir alle Häuser in der Nähe des Deiches abklappern und die Bewohner befragen. Ich hoffe, dass uns das erspart bleibt."

Neben dem Campingplatz lag eine abgemähte Wiese, über der ein paar Kiebitze, die ihre Reise in den Süden noch nicht angetreten hatten, durch die Luft wirbelten. Die Einfahrt zum Campingplatz war durch einen Schlagbaum gesichert. Auf einem großen Schild daneben wurden Neuankömmlinge über die Regularien auf diesem Platz informiert. An- und Abmeldung, einzuhaltende Mittagsruhezeiten, Ausgabe von Duschmarken, Verhalten im Sanitärbereich und acht weitere Verhaltensmaßregeln waren aufgeführt.

Enno Bollmann deutete auf eine hinter dem Schlagbaum liegende, wie ein Kiosk aussehende Holzbude. „Gehen wir doch erst mal zum Blockwart."

Der freundliche Verwalter des Campingplatzes erwies als umgänglicher, kooperativer Mann. „Schrecklich, ich habe davon gelesen", sagte der Mann, nachdem Enno Bollmann ihr Anliegen geschildert hatte, „nein, auffällige Gäste habe ich in letzter Zeit nicht gehabt. Jetzt, am Ende der Saison sind ja nicht mehr viele hier. Ein paar nette Familien mit noch nicht schulpflichtigen Kindern und einige

Seniorenpaare, die auf ihren mitgebrachten Fahrrädern Radtouren um den Jadebusen unternehmen. Alleinstehende Männer sind nicht dabei. Sie können sich ja auf einem Gang über den Platz selbst ein Bild davon machen."
Die Kommissarin bedankte sich. „Danke Herr ..."
„Beck, Willi Beck", sagte der Verwalter.
Den beiden Beamten bot sich auf dem Platz ein Bild, wie es Willi Beck beschrieben hatte. Ein Spielplatz, auf dem kleine Kinder herumtollten. Junge Eltern, die in den offenen Vorzelten saßen, und ein paar Leute im Rentenalter, die an ihren Fahrrädern herumbastelten.

Als sie beim Verlassen des Platzes an der Verwalterbude vorbeikamen und Willi Beck durch die offene Tür zum Abschied zunickten, kam der schnell aus seinem Kiosk heraus. „Mir ist da noch was eingefallen. Ein Stück weiter am Deich, so etwa zwei Kilometer, gibt es einen kleinen, privaten Campingplatz. Bauer Loske hat eine saure Wiese hinter seinem Hof zum Campingplatz hergerichtet. Vielleicht finden Sie da den Mann, den Sie suchen."

„Vielen Dank für den Hinweis, Herr Beck. Auf Wiedersehen."
Damit verließen die beiden Beamten den Platz. Als sie zu ihrem Wagen zurückkamen, sahen sie, dass die Filmleute schon Drehschluss hatten. Kein Mensch war mehr zu sehen. Sie stiegen auf den Deich und sahen nur die glatte, graue Wasserfläche des Jadebusens und den rötlichen Abendhimmel. In der Ferne wehten das Grau und das Rot ineinander. Sie verließen die Deichkrone und stiegen in ihren Wagen. Auf der Fahrt zum Campingplatz des Bauern Loske fragte die Kommissarin ihren Kollegen: „Sag mal, ist das Pflicht, dass die Leute auf Campingplätzen immer alle in hässlichen, grellen Trainingsanzügen rumlaufen müssen?"

Enno Bollmann lachte. „Pflicht nicht. Aber es hat wohl was mit Herdentrieb zu tun."

Jeanette Alt lachte auch. „War ja nur rhetorisch gemeint. Mich erinnert diese Bekleidung an die jungen Türken in Kreuzberg, bei denen hässliche Trainingsanzüge aus Ballonseide ein Statussymbol sind."
„Apropos Statussymbol. Ist dir schon mal aufgefallen, dass die meisten Männer zu ihren potthässlichen Trainingsanzügen dicke Goldketten um den Hals tragen?"
„Ja, eine wunderbare Kombination. Nur wird das Gold wohl in den meisten Fällen Trompetenblech sein."
Willi Becks Schätzung der Entfernung war sehr präzise. Nach genau zwei Kilometern standen sie vor einem alten Gehöft. Ein Schild wies auf einen Campingplatz hinter dem Haus hin. Der gesamte Bauernhof mit den Nebengebäuden lag auf einer Warft, die von einem mit Reet zugewachsenen Graben umgeben war. Obwohl die Balz- und Brutzeit der Vögel längst vorbei und es schon dunkel geworden war, hörten die beiden den Gesang eines Teichrohrsängers aus dem Röhricht. Es gab keinen Schlagbaum. Sie fuhren in einen offenen Schotterweg, der am grabenumsäumten Gehöft vorbeiführte, und kamen hinter dem Anwesen auf einen Platz, auf dem etwas bunt zusammengewürfelt, ohne eine erkennbare Ordnung, sieben Wohnwagen standen. Zwei junge Camper, die auf einem Rasenplatz unter einer funzeligen Laterne Federball spielten, bemerkten die suchenden Blicke der Beamten.

Der kleinere der beiden rief ihnen zu: „Wenn Sie zu Bauer Loske wollen, müssen Sie an die Hintertür klopfen." Dabei deutete er auf die Rückfront des Hauses, zu dem eine kleine Brücke über den zugewachsenen Graben führte. Im gleichen Moment öffnete sich die Tür, ein Mann trat heraus und kam über die Brücke auf die Beamten zu.

Die Kommissarin eröffnete das Gespräch. „Jeanette Alt und Enno Bollmann von der Kripo Wilhelmshaven. Wir ermitteln in einem Mordfall und hätten von Ihnen gern ein paar Auskünfte. Sie sind doch Herr Loske?"

Der ältere Mann, der auf dem Kopf ein speckige Mütze trug und dessen krummer Rücken auf eine lebenslange schwere Arbeit auf dem Feld schließen ließ, bekam zwei senkrechte Falten auf seiner Stirn und benötigte eine gewisse Zeit, um zu realisieren, dass ihm eine Frage gestellt worden war. „Ja, ja, natürlich. Ich bin Bauer Loske."

Komischer Mann, dachte Enno Bollmann. Seinen Beruf als Vornamen zu nennen, wie in Skandinavien und Österreich, ist hier doch gar nicht üblich. Und eine Stimme hat er wie Stan Laurel in den Dick und Doof-Filmen.

Jeanette Alt stellte die zweite Frage: „Haben Sie einen alleinstehenden Mann unter Ihren Gästen?"

Bauer Loske brauchte nicht lange zu überlegen. „Ja, ich hatte hier ein paar Tage einen etwas seltsamen Menschen. Der kam ohne Gepäck. Sagte, er hätte Ehestreit oder so was. Wollte abwarten, bis seine Frau sich wieder beruhigt hätte. Ich habe ihm meinen kleinen Wohnwagen zugewiesen, den ich nur für Notfälle habe."

„Gut", sagte die Kommissarin. „Was war denn seltsam, wie Sie sagen, an dem Mann?"

Bauer Loske hob die Schultern. „Na ja, etwas komisch eben. Er hat Selbstgespräche geführt. Ich habe gedacht, dass das mit dem Ärger mit seiner Frau zusammenhängt."

„Dann können Sie uns sicher Namen und Adresse des Mannes geben."

Enno Bollmann hatte Notizbuch und Bleistift schon gezückt.

Bauer Loske wand sich. „Er hat für eine Woche im Voraus bezahlt. Da habe ich nicht weiter nachgefragt. Ich kümmere mich nicht so viel um meine Gäste. Die wollen hier ihre Ruhe haben. Er ist irgendwann, ohne sich verabschiedet zu haben, einfach verschwunden."

„Kam er mit einem Wagen?"

„Das weiß ich nicht. Er kam ja ohne Gepäck, und da kann es ja sein, dass er einen Wagen vorne an der Straße abgestellt hatte."

„Können Sie uns den Mann beschreiben und uns sagen, wie er seine Tage verbracht hat?"

„Ja. Es war so ein großer, kräftiger Mann." Dabei hielt Bauer Loske seine rechte Hand zwei Köpfe über seine speckige Mütze.

Enno Bollmann wurde ungeduldig. „Hatte er dunkle, helle oder rote Haare?"

„Keine Ahnung. Ich hab ihn ja kaum gesehen. Und wenn, dann hatte er eine Pudelmütze auf."

„Und dann hat meine Kollegin noch gefragt, wie der Mann seine Tage verbracht hat."

„Das kann ich Ihnen nicht sagen. Er war ja nur selten hier. Und abends war es bei ihm im Wohnwagen immer dunkel. Da muss er wohl woanders gewesen sein."

„Ist der Wagen, den der Mann bewohnt hat, im Moment frei?"

„Ja. Ich bin nur noch nicht zum Aufräumen gekommen. Jetzt, wo die Saison zu Ende geht, kann ich mir ja Zeit lassen."

„Dann möchten wir uns den Wagen doch mal ansehen."

Bauer Loske holte ein Schlüsselbund aus seiner Hosentasche, deutete auf einen kleinen, etwas schäbigen Wohnwagen am Ende des Platzes und ging voran. Dort angekommen, schloss er die Tür auf und ließ den Beamten den Vortritt.

Der Wagen war sehr spartanisch möbliert. Eine leere Flasche Whisky stand auf dem kleinen Tisch. Mehrere geleerte Bierflaschen und Dosen lagen auf dem Fußboden verstreut herum. In einer Ecke lagen eine Schnur und ein Tauende.

Bauer Loske war draußen stehengeblieben. Jetzt steckte er seinen Kopf zur Tür herein. „Ich hab ja gesagt, dass ich noch nicht aufgeräumt habe."

Enno Bollmann nahm die Schnur hoch. „Segelleine", stellte er fest und blickte Bauer Loske an. „War der Mann Segler?"

Bauer Loske zog bedauernd die Schultern hoch. „Ich weiß wirklich nicht mehr über ihn, als ich Ihnen gesagt habe."

Jeanette Alt zog eine Karte aus ihrer Jackentasche und überreichte sie dem Bauern. „Hier, unsere Telefonnummer. Falls der Mann noch einmal wiederkommt oder Ihnen etwas einfällt, rufen Sie uns unbedingt an. Es ist sehr wichtig."

Bauer Loske nickte und steckte die Karte ein.

Die beiden Kriminalbeamten stiegen in ihren Wagen und verließen den Campingplatz. Während der Rückfahrt klärte Enno Bollmann seine Kollegin über die Schludrigkeit des Campingplatzbesitzers auf. „Dass der Bauer Loske den Gast so nachlässig, ohne Eintragung in sein Gästebuch, behandelt hat, liegt daran, dass er keine Abgaben an die Kurverwaltung zahlen wollte."

„Verstehe", sagte Jeanette Alt und deutete in der inzwischen eingetretenen Dunkelheit auf abseits der Straße auszumachende Lichter. „Was ist das?"

Enno Bollmann konnte seine Kollegin auch hier aufklären. „Das sind die Irrlichter im Schwimmenden Moor, im Ortsteil Dangastermoor."

„Aha." Die Kommissarin nahm die Information zur Kenntnis, war in Gedanken aber schon wieder bei dem Mann, den sie suchten. „Der große Unbekannte vom Campingplatz des Bauern Loske muss ja nicht unser Mann sein. Was war denn mit dem Setfahrer, diesem Pille, den wolltest du doch noch einmal in die Zange nehmen?"

Enno Bollmann holte tief Luft. „Du kennst doch meinen Tagesablauf. Bisher bin ich noch nicht dazu gekommen."

Jeanette Alt putzte sich die Nase. „Die Filmleute haben schon Drehschluss. Wir kommen doch durch Varel. Wie hieß noch das Hotel, in dem die wohnen?"

„Vareler Stern."

„Ach ja, dann sollten wir ihnen einen kurzen Besuch abstatten und unsere drei Kandidaten noch einmal befragen. Es kann ja nicht schaden – für den Fall, dass unser Mann, den wir suchen, zur Filmcrew gehört –, denen zu zeigen, dass wir dranbleiben. Irgendwann macht fast jeder Täter einen Fehler und verplappert sich."

Enno Bollmann äußerte Zweifel. „Die eigenen Kolleginnen entführen und umbringen? Ich tippe eher auf einen Täter, der nicht zu den Filmleuten gehört."

„Tippen? Unsere Arbeit ist kein Glücksspiel. Wir müssen uns an die Fakten halten. Und Fakt ist, dass unsere Kandidaten im Fall Jennifer Schorn kein Alibi haben. Außerdem müssen wir den psychologischen Hintergründen der Verbrechen nachspüren und uns mit den Problemen des Täters beschäftigen. Dann finden wir auch die Motive, die uns zum Täter führen könnten."

Nachdem sie das Hotel in Varel betreten hatten, erfuhren sie, dass der Setfahrer Pille seinen Feierabend genutzt hatte, um Verwandte in Schortens zu besuchen. Tim Schumann hatte das Hotel kurz vor ihrem Eintreffen verlassen, ohne jemandem das Ziel seines abendlichen Ausgangs genannt zu haben. Immerhin war Ferdi Schönert im Hotel und auch sofort für ein Gespräch mit den Beamten bereit. Er saß in einer Ecke des Hotelrestaurants und beschäftigte sich mit seinem Drehbuch, als sie auf ihn zutraten, ihn begrüßten und sich zu ihm an den Tisch setzten.

Er legte das Drehbuch zur Seite. „Ich habe mir gerade noch einmal den morgen zu drehenden Teil meiner Rolle angesehen. Ich habe den Text drauf. Fragen Sie, was Sie fragen müssen."

Die Kommissarin wollte es kurz machen. „Herr Schönert, bei unserer Befragung am Drehort haben Sie gesagt, dass Sie an den Abenden der Entführung Ihrer Kolleginnen, ich zitiere, allein um die Häuser gezogen sind. Ist Ihnen immer noch nicht eingefallen, welche Gaststätten Sie besucht haben?"

Ferdi Schönert spielte den Ahnungslosen. Mit großer Geste hob er beide Arme ausgebreitet in die Höhe. „Wenn ich den ganzen Tag drehe, viel Text habe und nach Drehschluss mit ein paar Bierchen die Stimme wieder ölen will, dann merke ich mir die Namen der Gaststätten doch nicht. Sie dürfen nicht vergessen, dass ich mich als Münchner hier nicht auskenne. Ich gehe einfach los, ein bisschen Bewegung kann ja nicht schaden, und wenn ich irgendwo die Lichter einer Kneipe sehe, gehe ich hinein, ohne mir die Straße oder den Kneipennamen zu merken. Mir geht es neben dem Stillen des Durstes auch um das Beobachten von Menschen. Das gehört schließlich zum Beruf des Schauspielers. Wenn ich Ihnen die Kneipen, die ich besucht habe, auch nicht nennen kann, aber die Menschen, die ich dabei beobachtet habe, die könnte ich Ihnen genau beschreiben. Das Gebaren, wie sie sich bewegt haben, wie sie sich artikuliert haben, ihre Mimik und so weiter." Ferdi Schönert nahm die Arme wieder herunter.

Die Kommissarin gab noch nicht auf. „Wenn Sie in der Großstadt München oder meinetwegen in Berlin oder Hamburg um die Häuser ziehen, um Ihre Formulierung zu gebrauchen, würde ich ja bei der Vielzahl der Gaststätten verstehen, dass Sie sich die Namen nicht merken können. Aber bei der dagegen geringen Anzahl der Betriebe in dieser Gegend müsste man sich doch an die eine oder andere Kneipe erinnern können. Oder, entschuldigen Sie, waren Sie volltrunken?"

Die Miene des Schauspielers verfinsterte sich. „Nein, war ich nicht. Tut mir leid. Ich bin nicht der Mann, den Sie suchen."

Enno Bollmann schaltete sich ein. „Woher wissen Sie, dass wir einen Mann suchen?"

Ferdi Schönert hob die Schultern. „Ich weiß es nicht. Ich nehme es an."

Die Kommissarin erhob sich. „Danke, Herr Schönert. Wir werden uns sicher noch mal sprechen."

Auf der Rückfahrt erzählte Enno Bollmann der Kollegin von seinen Aktivitäten im Interfriesischen Rat. Obwohl er seit Kindheitstagen in Wilhelmshaven lebte, fühlte er sich als waschechter Ostfriese.

„Interfriesischer Rat?" fragte Jeanette Alt.

„Es gibt drei Frieslande", klärte Enno Bollmann seine Kollegin auf. „Wir Friesen in Nord-, Ost- und Westfriesland fördern und pflegen länderübergreifend unsere gemeinsame Kultur, die auch mit einer eigenen Sprache verbunden ist. Der Verein vertritt nach außen die gemeinsamen Interessen der Nordfriesen in Schleswig-Holstein, der Ostfriesen in Niedersachsen und der Westfriesen in den Niederlanden."

Enno Bollmann, der am Steuer des Wagens saß, musste bremsen, um auf einer Straßenverengung in eine andere Fahrspur einfädeln zu können.

Er berichtete weiter. „Wir fordern zum Schutz nationaler Minderheiten die Bundesrepublik Deutschland und das Königreich der Niederlande auf, die Arbeit unserer friesischen Institutionen und Einrichtungen zu fördern. Und zwar so, dass wir Friesen eine dem europäischen Standard entsprechende Unterstützung erhalten. Wir wollen unsere Sprache fördern und ausbauen. Staatliche und öffentliche Stellen wie Kindergarten, Schule, Kirche, öffentliche Verwaltung und Medien sollen uns bei unserem Bestreben nach Förderung unserer Sprache unterstützen."

Die Straße wurde wieder mehrspurig. Enno Bollmann wechselte die Fahrspur, beschleunigte und erzählte weiter. „Viele Friesen wissen zu wenig über die Geschichte, Kultur, Sprache und Eigenarten unserer friesischen Heimat. Wir Nord-, Ost- und Westfriesen wollen einander bei friesischen Angelegenheiten helfen und unterstützen."

„Interessant", meinte Jeanette Alt. „Wenn ich es richtig verstehe, ist es mit euch Friesen so ähnlich, wie mit den Kurden im Grenzgebiet der Türkei, Irak und noch einiger Länder. Ihr wollt euren eigenen Staat."

Enno Bollmann lachte. „Nein, ganz so ist es nicht. Wir wollen über staatliche Grenzen hinweg in einem gemeinsamen Europa unsere eigene Sprache und Kultur und somit unsere Identität in Zukunft erhalten."

TOSSENS, DIE ZWEITE

Es war Sonnabend. Enno Bollmann saß auf einem Barhocker in der kleinen Kneipe Butjenter Nachtigall, trank ein Bier und spitzte die Ohren. Er war unauffällig in Jeans und Pullover gekleidet. Am frühen Morgen hatte er den Setfahrer Pille – es war drehfreier Tag – im Hotel Vareler Stern aus dem Schlaf klingeln lassen. An der Rezeption hatte es ein kleines Problem gegeben, weil er sich an den Namen des Mannes, den alle nur Pille nannten, nicht mehr erinnern konnte. Er hatte seinen Notizblock im Kommissariat gelassen und nur noch gewusst, dass es ein polnisch klingender Name war. Die Hotelmitarbeiterin, die Frühdienst hatte, war eine ganz Ausgeschlafene. Nach seiner Beschreibung des jungen Mannes und der Nennung seines Spitznamens, hatte sie gelächelt, und ihr war schnell klargeworden, wen er sprechen wollte. „Ach so, Sie meinen Herrn Pritziwalski", hatte sie gesagt und auf den Monitor ihres Computers gesehen, um ihm auch noch den Vornamen nennen zu können: „Marek, Marek Pritziwalski." Kurz nach ihrem Anruf war der verschlafene Setfahrer heruntergekommen. In der am frühen Morgen noch nicht geöffneten Hausbar des Hotels hatten sie auf Barhockern gesessen, und Enno Bollmann hatte dem jungen Mann noch einmal gehörig auf den Zahn gefühlt. Aber Marek Pritziwalski hatte nur wiederholt, was er schon bei der Befragung am Filmset gesagt hatte. Er würde den ganzen Tag nur für Laufarbeiten und Besorgungen eingesetzt. Besonders die Frauen am Set hätten immer so spezielle Wünsche: Kopfschmerztabletten und Tabletten gegen Halsschmerzen besorgen, Briefe zur Post bringen, Tagesdispositionen verteilen, verstopfte Toiletten in den Wohnmobilen in Ordnung bringen, und schließlich wäre ja auch noch seine Hauptaufgabe, die Mitglieder des Teams vom Hotel zu den Drehorten und zurück zu fahren. Bei den unterschiedlichen Einsatzzeiten der Darsteller kämen da unglaublich viele Touren zusammen, hatte er hinzugefügt. Abends müsste er dann, wie er gesagt hatte, den Kopf wieder freibekommen. Da würde er immer einen langen Spaziergang auf dem Deich machen. Dafür hätte er keine Zeugen, denn er würde ja immer allein gehen.

Die veranlasste Suchaktion nach der vermissten Maskenbildnerin Uta Berling war ohne Ergebnis bei einbrechender Dunkelheit abgebrochen worden. Bei Niedrigwasser hatte eine Hundertschaft der Bereitschaftspolizei die Uferbereiche des Jadebusens, Teile des Watts, die Pütten in Tossens, das Schwimmende Moor in Sehestedt, Dangastermoor und die Salzwiesen zwischen Tossens und Fedderwardersiel nach Anhaltspunkten für das Verschwinden der Maskenbildnerin abgesucht. Enno Bollmann war bei der Koordination viel gelaufen und hatte sich ein Bier verdient.

Die Butjenter Nachtigall war heute gut besucht. An dem Tisch links von der Theke, an dem braungebrannte Skipper mit wettergegerbten Gesichtern saßen, wurde unüberhörbar kräftiges Seemannsgarn gesponnen. Enno Bollmann hörte Gesprächsfetzen von maritimen Themen. Mit „Bei Windstärke neun nur mit dem Focksegel durch die Biskaya", „Schiffbrüchig in der Südsee", „Unter Piraten am Horn von Afrika", „Ärger mit den Iranern bei einem Törn im Persischen Golf" und anderen Schilderungen von ihren Erlebnissen auf See versuchten die Skipper sich gegenseitig zu überbieten.

Plötzlich wurde Enno Bollmanns Aufmerksamkeit auf den Tisch, der der Theke am nächsten stand, gelenkt. Daran saßen vier Gäste und unterhielten sich lautstark über den Mord und den neuen Vermisstenfall.

Ein kleiner Mann, der auf dem rechten Auge schielte und auch sonst aussah wie Ben Turpin, der Stummfilmkomiker vom Anfang des vorigen Jahrhunderts, tönte am lautesten.

„Die Polizei hat doch keine Ahnung. Bei Beckmannsfeld wird der Deich erneuert. Die Arbeiten sind gerade gestern rechtzeitig zum

Wochenende abgeschlossen worden. Ich kann mir vorstellen, dass der Entführer die Frau vom Film nachts dort vor Beendigung der Arbeiten eingegraben hat, und jetzt trampeln die Schafe auf der Leiche rum."

„Nee, nee", meldete sich ein wie ein Buchhalter aussehender Mann zu Wort und dämpfte seine Stimme, aber nur so weit, dass Enno Bollmann ihn immer noch verstehen konnte, „ich will ja niemanden verdächtigen, aber habt ihr schon mal an den Wattyeti gedacht? Ich will ja auch nichts gesagt haben, aber ihr wisst ja, dass mein Hobby die Ornithologie ist."

Die anderen Gäste am Tisch nickten, hoben ihre Biergläser, tranken und warteten auf das, was noch kommen würde. Der Hobby-Ornithologe setzte sein Glas ab, wischte sich mit der Hand den Bierschaum vom Mund und fuhr fort: „Ihr habt doch sicher auch gehört oder gelesen, dass sich eine Schar Flamingos in den Jadebusen verirrt haben soll; jedenfalls sind einige dieser exotischen Vögel im Watt gesehen worden. Ich wollte es genau wissen und bin gestern mit meinem Fernglas die Deiche abgelaufen und habe Ausschau nach den Tieren gehalten. Aber was soll ich euch sagen, statt der Flamingos habe ich den Wattyeti gesehen. Und nun haltet euch fest. Er wollte wohl Wattwürmer für seine nächste Angeltour ausgraben, denn er hielt einen Spaten über der Schulter und hatte einen Eimer in der Hand. Bei seiner Suche nach einer guten Stelle muss er an einen Priel gekommen sein, in dem eine junge Frau badete, und zwar nackt. Und dann sehe ich, wie der Wattyeti sich näher schleicht."

Einem der vier Männer am Tisch, dem anzusehen war, dass ihm wegen seines Aussehens das Kennenlernen von Frauen sehr schwer fallen musste, fiel die Kinnlade herunter. Der Vogelfreund hatte seine Stimmbänder mit einem Schluck Bier wieder geschmeidig gemacht und berichtete weiter. „Die Frau muss ihn eigentlich bemerkt haben, aber die hat sich überhaupt nicht stören lassen. Der Wattyeti ist dann ungefähr zehn Meter vor dem Priel stehengeblieben und hat nur noch geglotzt. Er geht ja nie ohne sein Fernglas ins Watt. Um die nackte Frau besser sehen zu können, hat er sogar seinen Feldstecher vors Auge gehalten. Ich hätte gern verfolgt, wie die Geschichte weitergegangen ist, aber ich hatte schon so viel Zeit mit der Suche nach den Flamingos verplempert, dass ich nach Haus musste. Ihr wisst ja, wenn ich nicht pünktlich zum Essen im Haus bin, kann meine Alte sehr ungemütlich werden."

Ein Gast aus der Runde, der einen Vollbart hatte und eine Schiffermütze auf dem Kopf trug, nahm seine Pfeife, die er kalt rauchte, aus dem Mund. „Die Priele können tief sein und spülen bei ablaufendem Wasser alles in die Nordsee hinaus. Nicht nur die Nordsee, alle Meere sind Friedhöfe."

Jetzt sagte auch der vierte Gast, ein untersetzter Typ mit rundem Gesicht, in dem Schweinsäuglein blitzten, etwas. „Ich weiß ja, dass der Yeti nicht ganz zurechnungsfähig ist, dass er, wenn er mal einen über den Durst getrunken hat, seine Touristen auch über Muschelbänke führt, auf denen sie sich die Füße aufschneiden, und dass er sie auf dem Weg zur Fahrrinne durch Priele schwimmen lässt, aber der Wattyeti und Mord? Das passt nicht zusammen. Da denke ich eher an einen anderen, dem ich alles zutraue."

Alle vier hatten inzwischen ihre Gläser geleert. Gebannt hingen die drei Zuhörer in der Runde an den Lippen des Erzählers mit dem Mondgesicht, und auch Enno Bollmann neigte seinen Kopf unmerklich etwas näher an den Untersetzten heran. Der kostete den Moment genüsslich aus und fuhr fort: „Na, dem verkrachten Schauspieler, diesem Vallay, der mit der alten Hexe, die auch mal Schauspielerin gewesen sein soll, in einer alten Bruchbude in Sinsum lebt. Und der alten Vettel trau ich alle Schlechtigkeiten zu. Vielleicht ist sie auf die jungen Frauen, mit denen er sich herumtreibt, eifersüchtig. Ich war ein paarmal auf dem Hof der beiden, um der Frau Antiquitäten abzukaufen. Sie hatte mal sehr schöne Sachen. Aber die hat sie inzwischen alle zu Geld gemacht. Jetzt hat sie nur noch Trödelkram im Haus. Das Geld benötigte sie sicher, um ihren deutlich jüngeren Liebhaber zu halten. Der scheint es aber mehr mit jüngeren Frauen zu treiben; den Eindruck hatte ich bei meinen Besuchen jedenfalls. Selbst in meinem Beisein hat sie ihm Vorwürfe wegen seiner Weibergeschichten gemacht." Der Mann mit dem Mondgesicht trank sein Glas leer. Das nutzte der Vollbärtige mit der Schiffermütze. Er nahm seine kalte Pfeife aus dem Mund und orderte laut beim Wirt eine neue Runde Korn und Bier. Dann blickte er seine Tischnachbarn an. „Ich habe einen ganz anderen Verdacht. Auf den Campingplätzen rund um den Jadebusen treibt sich doch immer allerhand Gesindel herum. Jetzt, wo die Schulferien in allen Bundesländern vorbei sind, kommen die Alleinstehenden, die Entwurzelten und die, die keine richtige Heimat haben. Unter denen sollte die Polizei mal nach dem Mörder suchen."

Zur Bekräftigung seiner Worte hob er sein inzwischen vom Wirt gefülltes Glas Korn, sagte „Nich lang schnacken, Kopp in' Nacken", trank es aus und spülte mit einem Schluck Bier nach.

Dieses Stammtischgeschwätz muss ich mir nicht länger anhören, dachte Enno Bollmann. Er hatte genug gehört. Er zahlte und verließ die Gaststätte.

RUHWARDEN

Jeanette Alt und Enno Bollmann waren auf dem Weg zu Eldert Rescher, dem Wattyeti. Der Himmel zeigte sich von seiner besten Seite. Die Sonne schien, und kleine, weiße Wolken segelten vorbei. Die Kommissarin fuhr. Ihr Kollege auf dem Beifahrersitz hatte einen Apfel und sein Taschenmesser in den Händen und begann in aller Ruhe den Apfel zu schälen.

Am Ortseingang von Ruhwarden hatte er den Apfel verzehrt. Er wischte das Messer an einem karierten Taschentuch sauber und blickte in seinen Notizblock und anschließend auf das Navigationsgerät. „Wir müssen die Straße Richtung Süllwarden nehmen. Er wohnt auf einem Gehöft hinter dem Bahnhof Ruhwarden."

Als sie den Bahnhof hinter sich gelassen hatten, konnten sie den von saftigen Wiesen umgebenen Bauernhof schon erkennen. Einige Rinder grasten. Andere lagen im Gras und waren am Wiederkäuen. Beim Näherkommen sahen sie, dass es sich bei dem Gehöft um einen landwirtschaftlichen Musterbetrieb handelte. Wohnhaus und Stallungen war anzusehen, dass Instandhaltungen und Renovierungen immer rechtzeitig durchgeführt wurden. Alles war in einem einwandfreien Zustand. Auch der Hof, auf dem die beiden ihren Wagen parkten, war sauber gefegt.

Enno Bollmann staunte. „Der Wattyeti, der für Touristen Wattwürmer sucht, Angeltouren macht oder in der Butjenter Nachtigall sitzt, und ein solcher Hof, wie passt das denn zusammen?"

„Abwarten", war alles, was seine Kollegin sagte.

Sie waren gerade ausgestiegen, als eine kleine, verhärmt aussehende Frau mit einem Fahrrad aus einem Nebengebäude kam. Am Lenker war ein Einkaufskorb montiert. Sie schloss die Tür hinter sich und kam auf die Beamten, die noch neben ihrem Wagen standen, zu.

Jeanette Alt grüßte und fragte die Frau: „Sind wir hier richtig? Wir möchten zu Herrn Rescher."

Die Angesprochene erwiderte den Gruß. „Ja, zu welchem denn?"

Enno Bollmann verstand nicht ganz. „Wie, zu welchem? Gibt es denn mehrere?"

„Ja, Jens und Eldert."

„Ach so, ja, zu Herrn Eldert Rescher, dem Wattführer, möchten wir."

„Das ist mein Mann. Was wollen Sie denn von dem?"

Die Kommissarin hatte ihren Ausweis gezückt. „Nur eine Auskunft, Frau Rescher."

Die Frau bekam große Augen. „Oh Gott, die Polizei? Was ist denn passiert?"

Jeanette Alt wiederholte: „Nur eine Auskunft, mehr nicht."

Die Frau war immer noch beunruhigt. Sie nahm sich aber zusammen. „Dann kommen Sie bitte." Damit schob sie ihr Fahrrad zu einem Anbau am Ende des Hauptgebäudes.

Sie klopfte gegen die Haustür und rief: „Eldert, du hast Besuch." Sie wartete, bis ihr Mann die Tür öffnete, und verabschiedete sich dann von den Beamten: „Ich muss nach Ruhwarden und noch etwas einkaufen."

Eldert Rescher bat die Beamten nach der Begrüßung ins Haus. Sie setzten sich in der Küche an einen Tisch, der mit einem Wachstuch überzogen war. Beiden fiel auf, dass die Zimmerdecken sehr niedrig waren und der Grundriss der Wohnung lang und schmal war.

Der Wattyeti bemerkte die Blicke der Beamten. „Das war mal der Schweinestall. Mein Bruder hat die Schweinezucht aufgeben."

Enno Bollmann hatte auf dem Hof durch eine offenstehende Stalltür eine Melkmaschinenanlage gesehen. „Aber Rinder hat Ihr Bruder noch?"

„Ja, mein älterer Bruder war der Hoferbe. Mit meinem Pflichtanteil haben wir den Schweinestall zur Wohnung ausgebaut. Jens betreibt mit ungefähr hundertfünfzig Rindern nur noch Milchwirtschaft, obwohl er wegen der Milchquote große wirtschaftliche Sorgen hat. Er ist heute mit einem Traktor nach Berlin gefahren, um mit dem Bauernverband gegen die niedrigen Milchpreise zu protestieren. Es geht um die berufliche Existenz der Milchbauern. Sie als Verbraucher müssen im Einzelhandel 54 Cent für den Liter Milch bezahlen. Mein Bruder, ich meine alle Bauern, erhalten 18 Cent pro Liter. 15 Cent müssten es mehr sein, um wirtschaftlich arbeiten zu können. In jedem Jahr geben ungefähr 15 Prozent der Milchbauern auf."

Die Kriminalbeamten merkten dem Wattyeti an, dass er es gewohnt war, während der Saison täglich Vorträge vor Touristengruppen zu halten. Er war in seinem Redefluss nicht zu bremsen. Vorerst ließen sie ihn weitersprechen.

„Die Idylle vom Bauernhof mit Pferden, Rindern, Gänsen, Enten und Hühnern gibt es doch schon lange nicht mehr. Vielleicht noch auf ein paar kleineren Höfen, die letztendlich von Touristen leben. Da gibt es dann noch ein paar Streicheltiere für Familien mit Kindern, die Ferien auf dem Bauernhof machen wollen. Der überlebende Landwirt ist heute ein Industrieller. Er muss sich spezialisieren. Nur Rinder, nur Schweine, nur Geflügel oder nur Ackerbau. Über Ethik in der Massentierhaltung will ich gar nicht sprechen. Ich sehe doch hier im Betrieb meines Bruders, dass alles nur noch maschinell betrieben wird. Fütterung der Rinder, Ausmisten der Ställe, Melken der Milchkühe. Das alles wird elektronisch gesteuert. Das ist nicht meine Welt. Mich hat Landwirtschaft und Viehzucht nie interessiert. Ich habe an anderen Dingen Gefallen gefunden. Im Watt und auf See, da bin ich so etwas wie ein kleiner König. Ich liebe die See. Das Gewaltige, das Dröhnen der Brandung. Die Urgewalten der Natur. Und auch das Watt mit seiner Vielfalt an Flora und Fauna. Statt mich um

Hühner in Legebatterien zu kümmern oder die Melkmaschinen anzuschließen, gehe ich lieber mit Touristen auf Angeltour oder bringe den Landratten aus dem Binnenland die Natur an Küste und Watt näher."

Bevor der Mann in seiner Begeisterung fortfahren konnte, sprach die Kommissarin den Grund ihres Besuches an: „Herr Rescher, Sie wurden im Watt gesehen, als Sie sich an eine junge Frau, die in einem Priel badete, herangeschlichen haben. Was können Sie uns dazu sagen?"

Das Gesicht des Mannes überzog sich mit einer leichten Röte.

„Ja, ich war im Watt und habe für meine nächste Angeltour Wattwürmer ausgegraben, und dabei habe ich diese Frau gesehen, die in einem Priel badete. Ja, sie hatte nichts an. Aber das ist doch heutzutage keine Besonderheit mehr, die jungen Dinger sind doch alle schamlos. Und angestarrt habe ich sie auch nicht. Jedenfalls nicht lange. Ich bin dann weiter zu den Sandbänken vor der Flutrinne. Ich beobachte und zähle dort die Seehunde. Die Ergebnisse melde ich dann der Seehundstation. In der Vergangenheit wurden die Bestände durch einen Virus stark dezimiert. Inzwischen hat sich die Population erholt, und es gibt jetzt bei uns im Jadebusen mehr Tiere als vor der Epidemie."

„Sie sollen aber einen Eimer und einen Spaten dabeigehabt haben."

„Ja, ich habe doch gesagt, dass ich noch Wattwürmer ausgraben wollte – für meine Touristen. Bei Wattwürmern als Köder beißen die Fische am besten."

„Kommen wir mal zu der Ermordeten und der vermissten Frau. Wir möchten von Ihnen wissen, was Sie an den Abenden, als die Frauen aus dem Filmteam verschwanden, gemacht haben."

Der Wattyeti schaute verständnislos. „Ich? Sie glauben doch nicht, dass ich etwas damit zu tun hatte. Wann soll das gewesen sein?"

Enno Bollmann hatte seinen Notizblock aufgeschlagen und nannte ihm die Tage.

Der Wattyeti stand auf. „Das werden wir gleich haben. Ich habe meinen Terminkalender im Wohnzimmer." Er kam mit einem großformatigen Wandkalender, der als Werbeartikel einer Futtermittelfirma zu erkennen war, wieder herein. Er las die eingetragenen Aktivitäten laut vor: „Führung einer Gruppe von Wattwanderern aus Dortmund, Angeltour mit Kegelclub aus Wattenscheid, Deichwandern mit Gruppe aus Bielefeld ..."

„Stopp, stopp", unterbrach die Kommissarin. „Wir wollen nur wissen, was Sie an den beiden fraglichen Abenden gemacht haben."

Eldert Rescher schaute hoch und blickte dann wieder auf seinen Kalender. „Da war ich hier und habe ferngesehen."

„War Ihre Frau dabei, und wird sie das bezeugen können?"

„Ja, sicher."

„Gut dann werden wir noch einmal wiederkommen und Ihre Frau befragen."

Der Wattyeti druckste herum. „Aber mit der Deern im Watt, das muss meine Frau ..."

Jeanette Alt unterbrach ihn. „Nein, von Ihrer Begegnung mit der Badenixe werden wir Ihrer Frau nichts erzählen. Die Geschichte interessiert uns nicht."

Eldert Rescher, der vorübergehend gegen seine Gewohnheit einsilbig geworden war, atmete auf. „Nehmen Sie doch diesen Nazi, den Raik Lawitzke und den langhaarigen Affen, diesen Lars Poppinga aus Waddens, mal unter die Lupe."

Der Kommissarin reichte es. „Wir gehen jetzt, werden aber sicher noch einmal wiederkommen."

ECKWARDERHÖRNE

Die Saison war vorüber. Nur wenige Badegäste waren am Spätnachmittag noch im Strandbad, obwohl die Sonne noch nicht untergegangen war. Ein Pulk junger Mädchen, die sich im flachen Wasser des Uferbereichs laut kreischend mit Wasser bespritzten, sorgten mit ihrer fröhlichen Ausgelassenheit für etwas Lebendigkeit.

Auf dem Deich neben dem Strandbad weideten Schafe, und auf den Duckdalben des davor gelegenen kleinen Hafens saßen Kormorane und trockneten ihr Gefieder.

Auf einem großen Badelaken lag Jeanette Alt. Die Kommissarin hatte nach dem Besuch beim Wattyeti noch Befragungen von Bewohnern der in Deichnähe gelegenen Häuser durchgeführt, die aber auch nichts ergeben hatten. Nach diesen unergiebigen Gesprächen stand der Kommissarin der Sinn nach einem kühlen Bad, und sie hatte auf Empfehlung von Enno Bollmann dieses Strandbad aufgesucht.

„Dort ist es sehr schön; in der Nordseelagune in Burhave trüben zurzeit Algen das Wasser", hatte er gesagt.

Sie stand auf und stellte fest, dass die Kormorane auf den Duckdalben ihre gespreizten Flügel immer noch in die jetzt untergehende Sonne hielten.

Plötzlich erklang hinter ihr eine wohlklingende, sonore Stimme: „Hallo, junge Frau."

Im Umdrehen erkannte sie den Schauspieler Tim Schumann, der auch in seiner Badehose eine gute Figur abgab. Nach ihrem „Hallo" erklärte er, dass er den ganzen Tag beim Dreh stark ausgeleuchtet worden wäre und nach der unerträglichen Hitze unter den Lampen unbedingt ein erfrischendes Bad nötig gehabt hätte.

Jeanette Alt bemerkte seinen abschätzenden Blick. „Sie denken wohl, in meinem Alter sollte ich keinen Bikini mehr tragen. Oder warum können Sie mir nicht in die Augen schauen?"

„Aber ich bitte Sie, Ihre Figur ist doch große Klasse, und so alt sind Sie ja auch noch nicht."

„Danke für die Blumen, aber Sie zahlen fünf Euro in die Plattitüdenkasse, Herr Staatsschauspieler. Ich sag es Ihnen aber gern genau. Ich bin Jahrgang '75, Sternzeichen Löwe. Reicht das?"

„Entschuldigen Sie bitte, kann ich mit einer Einladung zu einer Tasse Kaffee die Wogen wieder glätten?"

„Einverstanden, aber erst muss ich etwas überziehen, es wird jetzt doch schon etwas kühl."

„Schade", meinte der Schauspieler, während seine Augen noch einmal wohlgefällig über die schlanke, etwas knabenhaft wirkende Figur der Kommissarin glitten. „In fünf Minuten an einem Tisch vor dem Strandcafé?"

Jeanette Alt nickte, und Tim Schumann ging nicht, er schritt in seiner Badehose wie ein Gockel davon. Sie nahm ihre Sporttasche, stopfte ihr Badelaken hinein und legte das Taschenbuch, in dem sie erst wenige Zeilen gelesen hatte, dazu. Es handelte sich dabei um eine Empfehlung ihrer Kollegin Sylvia Kleinert vom K3. Die hatte gesagt, dass sie durch Olaf Müllers „Endstation" die neue Heimat auf spannende Art kennenlernen würde.

Im Umkleideraum zog sie sich an und ging vor den Spiegel. Sie kämmte ihre Haare und prüfte den Sitz ihrer Kleidung. Dann nahm sie ihre Schminktasche und zog Lidstrich und Lipgloss nach. Als sie mit dem Ergebnis zufrieden war, dachte sie: Was machst du hier eigentlich? Schminkst dich für ein Treffen mit einem eines Kapitalverbrechens Verdächtigten und findest den Mann auch noch interessant. Sie verdrängte den Gedanken durch eine neue Überlegung. Vielleicht kann ich ihn im Gespräch in einer anderen Umgebung als am Filmset leichter zu einer Bemerkung veranlassen, die uns weiterhilft.

Als sie in den Außenbereich des Cafés kam, saß Tim Schumann schon an einem Tisch. Sie konnte ihn nur mit Mühe erkennen, denn er war von einem Schwarm Teenager umringt, die den Schauspieler, jetzt in angezogenem Zustand, erkannt hatten. Er war damit beschäftigt, Autogrammkarten zu unterschreiben. Nachschub dafür holte er aus der Innentasche seiner Jacke. Als er bemerkte, dass Jeanette Alt herankam, überreichte er den unterschriebenen kleinen Stapel der Karten dem nächststehenden Mädchen. „Hier zum Verteilen. Jetzt muss aber Schluss sein." Das Mädchen nahm die Karten, deutete einen Knicks an, und gackernd lief die Schar davon.

Jeanette Alt hatte einen kurzen Blick auf eine Autogrammkarte werfen können und einen strahlenden, braungebrannten, mit zwei Reihen blendend weißer Zähne ausgestatteten Tim Schumann gesehen.

Der Schauspieler stand auf und rückte einen Stuhl für sie zurecht. „Bitte setzen Sie sich. Ich staune immer, dass meine Fangemeinde schon bei so jungen Dingern anfängt. Die müssten doch eigentlich für Tokio Hotel schwärmen."

„Hat vielleicht etwas mit dem Vaterkomplex zu tun."

„Kann sein, aber denken Sie mal an George Bernard Shaws ‚Pygmalion' und die Verfilmung des Stoffes unter dem Titel ‚My Fair Lady'. Professor Higgins liebt das Blumenmädchen Eliza. Oder noch extremer Vladimir Nabokows ‚Lolita'. Über die Liebe zwischen dem Professor Humbert Humbert und diesem Mädchen gab es nach dem Erscheinen des Buches heftige Proteste gegen den Autor und den Verlag. Heute zählt das Buch zur Weltliteratur. Inzwischen ist es ja mehrfach verfilmt worden. Die erste Version von Anfang der sechziger Jahre mit James Mason und Sue Lyon unter der Regie von Stanley Kubrick war große Klasse. Das Remake von Ende der neunziger Jahre mit Jeremy Irons fand ich etwas flach. Der Film kam übrigens verspätet in die Kinos, weil die Filmverleiher Bedenken hatten, ein frühreifes Mädchen beim Sex zu zeigen." Übergangslos sprach der Schauspieler weiter. „Haben Sie schon etwas über den Täter im Fall unserer

Jenni Schorn oder über das Verschwinden der Kollegin aus der Maske herausbekommen?"

Jeanette Alt war gedanklich noch bei dem, was Tim Schumann eben über die Liebe älterer Männer zu jungen Mädchen gesagt hatte, und antwortete etwas unkonzentriert. „Nein, aber wir ermitteln in alle Richtungen. Vielleicht ist Ihnen noch etwas eingefallen, was uns weiterhelfen könnte?"

„Na ja, ich bin ja eigentlich kein Kollegenschwein und äußere nicht gern einen – vielleicht unbegründeten – Verdacht, aber der Ferdi, der Ferdinand Schönert, der kommt mir doch sehr seltsam vor. Ich kenne ihn ja schon länger. Aber so komisch, wie seit Beginn der Dreharbeiten, war er noch nie."

„Was genau meinen Sie?"

„Er liegt jetzt noch mehr mit allen Frauen am Set im Clinch als früher. Ich habe einmal ein Gespräch mit ihm und unseren Kostümbildnerinnen verfolgt. Als sie ihm seine Spieljacke anzogen, sagten sie sinngemäß so etwas wie ‚Ferdi, du hast ja schon wieder zugenommen. Noch mal können wir die Knöpfe nicht versetzen'. Daraufhin hat er einen fürchterlichen Wutausbruch bekommen und den ganzen Drehtag nicht mehr mit den Frauen gesprochen. Er gilt ja in der Branche als bester Darsteller von Psychopathen, und wenn Sie mich fragen, weshalb er die mit einer so beklemmenden Glaubwürdigkeit spielt, liegt das nicht daran, weil er eine natürliche Gabe dafür hat, sondern weil er selbst ein Psychopath ist. Als junger Schauspieler konnte er schon besonders gut komplizierte Charaktere darstellen, und man erkannte bei ihm nicht die Grenze zwischen Wahn und Künstlertum. Er gibt immer alles. Ich erinnere mich an unseren ersten gemeinsamen Dreh. Es war ein Krimi, der in Hamburg gedreht wurde. Ich spielte einen zwielichtigen Geschäftsmann."

Das dürfte ihm nicht schwergefallen sein, dachte Jeanette Alt und sagte: „Sie wollten mir etwas von Ihrem Kollegen Schönert erzählen."

„Ach so, ja. Er spielte in diesem Film den Leiter eines Mobilen Einsatzkommandos. Eine Wohnung im vierten Stock eines Hochhauses sollte gestürmt werden. In der Wohnung hatte nach dem Drehbuch ein Familienvater seine Frau und zwei Kinder als Geiseln genommen. Die Wohnungstür war für die Erstürmung entsprechend präpariert. Ferdi kommt also mit acht Komparsen, die alle in Schwarz und mit Sturmhaube auf dem Kopf und kugelsicheren Westen als MEK-Leute eingekleidet waren, die Treppe hochgelaufen, tritt die Tür ein, und mit ihm stürmen acht MEK-Leute mit Maschinenpistolen in der Hand in die Wohnung. Pech war nur, dass Ferdi sich in der Tür geirrt hatte. Die Bewohnerin, eine Rentnerin, musste vom Notarzt wiederbelebt werden. In seiner Anfangszeit wurde er der schöne Ferdi genannt, ist dann mit zunehmendem Alter zum Charakterdarsteller gereift."

Eine ältere Frau brachte zwei Becher Kaffee an den Tisch und blickte Tim Schumann an. „Normalerweise haben wir hier Selbstbedienung. Aber nachdem ich gehört habe, dass wir hier einen berühmten Filmschauspieler als Gast haben, habe ich mir gedacht, bringe ich Ihnen die Bestellung, vielleicht bekomme ich dann ein Autogramm. Zucker und Milch habe ich auch mitgebracht. Bitte schön. Ich habe sie auch schon mal in Wilhelmshaven im Kino gesehen."

Der Schauspieler fragte: „Im Besucherraum oder auf der Leinwand?"

„Auf der Leinwand natürlich!"

Tim Schumann setzte ein strahlendes Lächeln auf, griff in seine Jacke und holte eine Autogrammkarte heraus, die er schwungvoll mit dem von der Frau hingehaltenem Kugelschreiber unterschrieb.

Jetzt war es die Frau, die strahlte, als sie mit der Karte in das Café zurückging.

„Es ist schon erstaunlich, mit wie wenig man manche Menschen glücklich machen kann", meinte der Schauspieler und trank einen Schluck Kaffee.

Jeanette Alt, die die ganze Szene leicht amüsiert mit angesehen hatte, bemerkte, dass Tim Schumann an der Hand, die den Kaffeebecher führte, den kleinen Finger abspreizte. Der Schauspieler nahm den Faden, der durch den Autogrammwunsch der Frau gerissen war, wieder auf. „Schlecht zu sprechen auf die Tote und die vermisste Kollegin waren auch noch andere im Umfeld des Teams. Ich habe zum Beispiel mehrfach gehört, wie sich die beiden bei unserem Cateringteam am Set – Sie wissen ja, beköstigt werden wir während der Dreharbeiten von einer Cateringfirma – mehrfach über die schlechte Qualität des Essens beschwert haben. Ich kann bestätigen, dass das Essen immer gut war. Die Beschwerden waren ungerechtfertigt. Aber deshalb jemanden umbringen?"

„Nein, das können wir wohl ausschließen. Andererseits wissen Sie sicher auch, dass es geringfügigere Anlässe gibt, jemanden umzubringen."

„Ja, aber lassen Sie uns doch über etwas Erfreulicheres reden. Eigentlich wollte ich mir in meiner drehfreien Zeit hier in Butjadingen einige Arp-Schnitger-Orgeln ansehen und auch anhören."

Jeanette Alt schaute fragend mit gerunzelter Stirn. Tim Schumann klärte sie auf. „Arp Schnitger war der bedeutendste Orgelbauer der Barockzeit. Er baute seine Orgeln in der zweiten Hälfte des siebzehnten Jahrhunderts. Was eine Stradivari für die Geiger, ist für Organisten eine Arp-Schnitger-Orgel. Schnitger stammte aus einer Tischlerfamilie in Schmalenfleth, gar nicht weit von hier. Eine seiner Orgeln steht in Golzwarden in der Kirche St. Bartholomäus. Aber auch die in Langwarden stehende Kröger-Orgel interessiert mich. Sie wurde irgendwann im achtzehnten Jahrhundert von Schnitger erweitert. Er hat über hundert Orgeln gebaut, die überwiegend in Norddeutschland stehen, zum Beispiel in Norden in Ostfriesland, in Ganderkesee, Grasberg, in Accum und Hamburg. Aber auch in England, Spanien und Portugal gibt es welche. Vor zwei Jahren habe ich auf Pellworm den Film ‚Sehnsucht am Meer' gedreht. Ein musikalischer Kollege durfte in unserer drehfreien Zeit auf der Schnitger-Orgel spielen, die auf der Insel steht. Dieser Klang! Grandios, kann ich nur sagen."

Jeanette Alt hatte aufmerksam zugehört, fand die Euphorie, in die sich der Schauspieler steigerte, aber übertrieben. „Sie sind ja ein richtiger Arp-Schnitger-Spezialist. Eigentlich hatte ich mir erhofft, dass Sie mir etwas über Franz Radziwill und Ihren Film erzählen. Vielleicht könnte ich dabei einen Anhaltspunkt für meine Arbeit finden."

„Nichts leichter als das", meinte der Schauspieler. „Um einen Menschen glaubwürdig darstellen zu können, muss ich mich nach dem Erhalt des Drehbuchs und der Unterschrift unter den Vertrag intensiv mit der Person des Darzustellenden, seinen Arbeiten und seinem Umfeld beschäftigen. Möchten Sie es in epischer Breite oder kurzgefasst hören?"

Jeanette Alt hob abwehrend die Hände hoch. „Nein, nicht in epischer Breite; bitte kurzgefasst."

„Ich könnte Ihnen ein Drehbuch beschaffen."

„Danke, nein. Erzählen Sie doch nur kurz, was für ein Mensch dieser Radziwill war, und bitte noch kürzer die Handlung des Films."

„Ich werde mich um Kürze bemühen, aber zuerst hole ich uns noch einen Kaffee."

Als er mit den Kaffeebechern zurückkam, begann er mit seinem Bericht schon, bevor er sich wieder hingesetzt hatte.

„Franz Radziwill wurde Ende des neunzehnten Jahrhunderts in der Wesermarsch geboren. In Bremen lernte er das Maurerhandwerk. Anschließend besuchte er die Höhere Technische Staatslehranstalt für Architektur in Bremen. An der dortigen Kunstgewerbeschule bildete er sich in Abendkursen im figürlichen Zeichnen aus. In der Zeit entstanden seine ersten Bilder, und er schloss Bekanntschaften mit Künstlern in Fischerhude und mit dem Kreis der Maler in Worpswede. 1922, nach der Hochzeit mit Johanna Ingeborg Haase – die wird von meiner Kollegin Regina Schönefelder dargestellt; Sie haben sie ja kennengelernt – kaufte er das Haus in Dangast, in dem er sein Leben lang wohnte. 1942 starb seine Frau, und sechs Jahre später heiratete er Anna-Inge Rauer-Riechelmann, mit der er ein Kind – sein einziges – hatte. 1983 starb er, 88 Jahre alt, in Wilhelmshaven."

„Also eigentlich ein kleinbürgerlicher Lebenslauf", meinte Jeanette Alt.

„Nein, ganz und gar nicht. Es gibt genug Stoff für einen neunzigminütigen Film. Radziwills bewegtes Leben hätte auch für einen Dreiteiler gereicht. Schon 1932 suchte er die Nähe zum Nationalsozialismus und sprach sich für die Wahl von Adolf Hitler aus. 1933 trat er in die NSDAP ein und erhielt einen Lehrstuhl an der Kunstakademie Düsseldorf. Dort wurde er aber bald – wie es hieß – wegen pädagogischer Unfähigkeit entlassen. Er wurde als Kulturbolschewist bezeichnet und kehrte nach Dangast zurück."

Der Schauspieler trank einen Schluck Kaffee, wobei er wieder den kleinen Finger abspreizte.

„Hier in Dangast engagierte sich Radziwill noch stärker für die Nationalsozialisten. Er wurde Ortsgruppenpropagandaleiter der Nationalsozialistischen Deutschen Arbeiterpartei – auch für einen Schauspieler eine kleine Hürde, es fließend auszusprechen – und denunzierte Dangaster Bürger. Er wurde dann Hauptstellenleiter im Kreisstab der NSDAP. Und jetzt wird es interessant. 1938 wurden Bilder von ihm in der Ausstellung ‚Entartete Kunst' gezeigt, und es kam zu Absagen von Ausstellungen in Düsseldorf und Hamburg, zur Schließung einer Ausstellung in Frankfurt und zu Beschlagnahmungen von Bildern in

Essen, Bremen, Berlin und sonst noch wo. Trotzdem verkaufte er viele Bilder und erhielt auch weiterhin Aufträge."

„Tatsächlich interessant. Also ein Maler, der Nazi war und entartete Kunst produzierte."

„Ja, vereinfacht kann man es so sagen. Heute wird Radziwill als der bedeutendste Vertreter des magischen Realismus, einer Unterform der neuen Sachlichkeit bezeichnet."

„Sie erteilen mir ja direkt kunsthistorischen Unterricht."

„Aber Sie wollten doch den Hintergrund über Franz Radziwill und den Film wissen!"

„Ja, natürlich. Erzählen Sie weiter."

Der Schauspieler nippte an seinem Kaffee. „Eine gespaltene Persönlichkeit wie Radziwill es vielleicht war, darzustellen, war es auch, was mich an dieser Rolle gereizt hat. Nach dem Krieg wurde er im Entnazifizierungsverfahren 1949 als entlastet eingestuft, obwohl der Direktor der Hochschule für Bildende Künste in Berlin Radziwills Vergangenheit anprangerte und ihn in einem offenen Brief als Naziwill bezeichnete. Er erhielt dann wieder Aufträge und arbeitete sehr produktiv bis 1972, als er wegen eines Augenleidens die Malerei aufgeben musste. Über achthundert Werke hat er produziert."

Jeanette Alt musste sich eingestehen, dass sie von der Art seines Vortrages fasziniert war.

Der Schauspieler räusperte sich und trank noch einen Schluck Kaffee, der inzwischen kalt geworden war.

„Übrigens in Oldenburg – ist ja nur ein Katzensprung von hier – befindet sich im Landesmuseum die größte öffentliche Sammlung von Arbeiten Franz Radziwills. Vielleicht können wir mal zusammen hinfahren."

Die Kommissarin ging nicht auf das Angebot ein. „Danke für die Informationen. Ich kann mir gut vorstellen, dass es für einen Schauspieler eine große Herausforderung sein muss, einen solchen Menschen darzustellen. Es ist spät geworden. Ich muss nach Wilhelmshaven zurück. Ich fahre über Varel. Wenn Sie möchten, kann ich Sie mitnehmen."

„Danke nein, ich möchte mir noch etwas die Beine vertreten. Während meines Engagements in Wilhelmshaven bin ich immer mit der Fähre, die damals noch zwischen Wilhelmshaven und Eckwarderhörne verkehrte, gefahren. Aber die Verbindung ist ja leider schon seit langer Zeit eingestellt."

In diesem Moment trat ein junges Mädchen, das mit einem Bikini bekleidet war, an den Tisch und bat den Schauspieler etwas verschüchtert um ein Autogramm. Während Tim Schumann wieder in seine Jackentasche griff, beobachtete die Kommissarin, wie die Blicke des Schauspielers nicht wohlgefällig, sondern lüstern über die schon stark ausgeprägten Rundungen des Teenagers glitten. Eine intuitive Abneigung gegen diesen Mann entwickelte sich in ihr. Als das Mädchen gegangen war, verlor sie für einen Moment die Beherrschung.

„Die Kleine war ja wohl entschieden zu jung für Sie."

Der Schauspieler blieb cool. „Denken Sie doch mal an den Regisseur Roman Polanski und die Dreizehnjährige. Zu jung gibt's nicht, höchstens zu eng."

„Sie Schwein!" Angewidert stand die Kommissarin auf. „Wenn Sie auf Lolitas stehen, passe ich wenigstens nicht in Ihr Beuteschema."

Sie ging zu ihrem Wagen. Als sie den Zündschlüssel ins Schloss steckte, sah sie dem Schauspieler, der inzwischen auch gegangen war, nach. Er ging nicht wie auf einer Theaterbühne ab, sondern er stolzierte davon.

IM KOMMISSARIAT, DIE ZWEITE

Als die Kommissarin am Morgen das Büro betrat, lag schon ein Duft von kräftigem Assam-Tee in der Luft. Enno Bollmann hatte die unvermeidliche Tasse vor sich auf dem Schreibtisch. Daneben lagen Apfelschalen, ein geschälter Apfel und das Taschenmesser des jungen Kommissars. Er war dabei, Ermittlungsergebnisse aus seinem Notizbuch in den Computer zu übertragen.

„Wenn du auch eine Tasse möchtest: Auf dem Stövchen steht die Kanne. Du weißt doch, Tee weckt die guten Lebensgeister."

„Ist nett gemeint, aber du weißt, dass ich lieber Kaffee trinke. Meinen Bedarf habe ich eben beim Frühstück gedeckt. Außerdem sind deine Empfehlungen auch nicht immer gut."

„Was heißt das denn?"

„Ich war gestern im Strandbad Eckwarderhörne."

„Na und?"

„Dort bin ich dem Tim Schumann begegnet!"

„Prima, andere Frauen träumen davon. Hast du ihn ver- oder überführen können?"

Jeanette Alt ging auf die Wortspielerei nicht ein. „Ach was. Der ist aalglatt und ein selbstgefälliges Arschloch. Außerdem scheint er eine pädophile Veranlagung zu haben. Aber lassen wir das. Erzähl mal, wie's gestern bei dir gelaufen ist."

Enno Bollmann nahm einen Schluck Tee. „Ehe ich es vergesse, Goldstern hat angerufen."

„Goldstern?"

„Ja, unser Chef. Kriminaldirektor Andreas Lange. Du kennst seinen Spitznamen natürlich noch nicht."

„Nein."

„Ältere Kollegen erzählen, dass er seine ganze Polizeikarriere darauf ausgerichtet hat, den Goldstern eines Polizeidirektors auf die Schulterklappen zu bekommen."

„Ach so. Und was wollte Goldstern?"

„Er wird schon ungeduldig und will Ermittlungsergebnisse sehen!"

„Gut, wenn du alles eingetragen hast, kannst du ihm eine Kopie rüberschicken."

„Mach ich", sagte Enno Bollmann und berichtete vom vorigen Tag. „Die Akte von dieser Hohlbratze Raik Lawitzke ist etwas dicker als die von dem Schreihals Poppinga. Aber es sind bei beiden alles nur kleine Sachen: Ladendiebstahl, Beamtenbeleidigung, Widerstand gegen die Staatsgewalt, sexuelle Nötigung, Fahrraddiebstahl, Erregung öffentlichen Ärgernisses und so was. Ich habe den Lawitzke in Stollhamm besucht und befragt. Ein strohdummer Typ, der nur auf Schwule, Ausländer und Zigeuner schimpft."

„Roma oder Sinti. Wir wollen doch politisch korrekt bleiben, lieber Kollege."

„Okay, ich hab dann noch mit dem Poppinga gesprochen. Der hat etwas mehr auf dem Kasten als der Lawitzke, ist aber auch nicht der Allerhellste. Ich war noch einmal in Waddens. Der Hof, auf dem er wohnt, soll mal eine Kommune gewesen sein. Was ist das überhaupt genau?"

„Das waren in den sechziger und siebziger Jahren des vorigen Jahrhunderts Familienverbände von Leuten, überwiegend Studenten, die eine alternative Lebensform suchten. Privatsphäre gab es bei denen nicht. Sie haben die bürgerliche Kleinfamilie bekämpft, die als spießig abgelehnt wurde. Unter den männlichen und weiblichen Mitgliedern gab es die freie Sexualität."

„Freie Sexualität?"

„Na ja, die haben alle durcheinander gebumst. Ich bin ja in dritter Generation bei der Polizei. Mein Vater und mein Großvater haben mir von den Mitgliedern der Kommune I in Berlin erzählt. Das waren sozusagen die Erfinder. Kunzelmann, Langhans, Teufel, Uschi Obermaier und andere. Ein Vers von Dieter Kunzelmann ist mir in Erinnerung geblieben, den mein Opa nach seiner Pensionierung, als er schon etwas senil wurde, immer zitierte: ‚Wer zweimal mit derselben pennt, gehört schon zum Establishment'. Aber es waren nicht nur Lebens- und Liebesgemeinschaften. Es war die Zeit der Studentenunruhen. Die ganze Bewegung hatte einen politischen Hintergrund. Demonstrationen richteten sich gegen die Saturiertheit und Selbstzufriedenheit der Menschen und vor allen Dingen gegen die amerikanische Vietnam-Politik. Meine Mutter ist als junges Mädchen auch bei Demos dabei gewesen und hat mit hochgestreckter und geballter Faust ‚Ho, ho, Ho-Chi-Min' gerufen. Das hat meiner Polizistenfamilie natürlich überhaupt nicht gefallen, als sie nach der Heirat davon erzählte. Was sie nur mir erzählt hat, war, dass sie auch bei Demos gegen die Springerpresse dabei war. Es gab Blockaden in Berlin und Hamburg gegen die Auslieferung der Zeitungen dieses Pressekonzerns, die mit groß aufgemachten Artikeln den Kalten Krieg der Westmächte anheizten. Mein Vater und mein Großvater, die bei diesen Blockaden eingesetzt waren, um die Auslieferung der Bild-Zeitung und der anderen Springer-Objekte zu gewährleisten, mussten sich von den Demonstranten und Sympathisanten, die einen Teil der Bevölkerung ausmachten, nicht nur als üble Bullen, sondern auch als Kapitalistenknechte und Springer-Lakaien beschimpfen lassen."

Was Jeanette Alt nicht aussprach, sondern nur dachte, war, dass die Demonstranten ihrer Meinung nach recht gehabt hatten.

„In den rechten Parteien hatten sich die Altnazis damals wieder etabliert. Ein NS-Verbrecher wie der Jurist Hans Globke, der Vater der Nürnberger Rassegesetze und Mitverantwortliche der Judenverfolgung, wurde von Kanzler Adenauer als Staatssekretär ins Kanzleramt geholt. NSDAP-Mitglieder konnten nach Kriegsende, ohne Repressalien befürchten zu müssen, in den Staatsdienst eintreten, während ein Bewerber, der DKP-Mitglied war, von der Post nicht einmal als Briefträger eingestellt wurde. Ein schon 1933 in die NSDAP eingetretener Jurist wurde als Rechtskonservativer sogar zum Bundeskanzler gewählt. Kurt-Georg Kissinger gilt bis heute als prominentes Beispiel für die unvollständige Aufarbeitung der deutschen Geschichte. In seiner Amtszeit wurden die Notstandsgesetze durchgebracht. Das führte mit zur Hauptphase der APO."

„Der APO?" fragte Enno Bollmann.

„Die Außerparlamentarische Opposition."

„Ach so. Deren Rolle kenne ich." Enno Bollmann, der junge Polizeibeamte, hatte mit großen Augen zugehört. Als er sah, dass seine erfahrene Kollegin nichts mehr zu diesem Thema sagen wollte, berichtete er weiter vom Umfeld des Lars Poppinga. „Im Laufe der Jahre haben sich die anderen Mitglieder der Kommune verdünnisiert, bis nur der alltagsuntaugliche Poppinga übrig war, und an dem die Zeit offenbar vorbeigegangen ist. Der lebt noch im Gestern. Alibis für die fraglichen Abende haben Lawitzke und Poppinga nicht. Wir sollten sie im Auge behalten."

„Gut, etwas Neues von der verschwundenen Maskenbildnerin?"

„Nein, aber wenn sie nicht mehr lebt und die Leiche auch im Wasser entsorgt wurde, kann das lange dauern."

„Wieso? Der Jadebusen fällt doch trocken, und es gibt immer noch Wattwanderer."

„Dass der Jadebusen trockenfällt, ist richtig. Ich glaube, bei Ebbe sind es vier Fünftel. Der Jadebusen hat den stärksten Tidenhub an der Nordsee, und die Außenjade ist ein gewaltiger Trichter, der immer offener wird. Davor liegen meilenweit Sände und Riffe, durch die der Strom hindurch muss. Es ist ein Gebiet, das nicht Land und nicht See ist, aber dann mischt sich die Außenjade mit der freien See." Enno Bollmann trank seine Teetasse aus. „Eine Leiche, die da

mitgeschwemmt wird, kann dann – wenn sie nicht vorher von Seevögeln oder Fischen beseitigt wurde – in Holland, England oder irgendwo in Skandinavien angetrieben werden."
Jeanette Alt nickte. „Klingt plausibel. Also richten wir unser Augenmerk auf unsere Kandidaten, die als Täter in Frage kommen. Die Motive von Lawitzke und Poppinga kann ich nicht erkennen. Der Rescher, dieser Wattyeti, ist nicht in die Filmproduktion eingebunden worden, obwohl er der Valentine Production ein angeblich gutes Angebot gemacht hatte."

Enno Bollmann unterbrach seine Kollegin. „Das hätte ich ja fast vergessen. Gestern Abend hatte war ich mit einem Segelfreund in Burhave verabredet. Auf der Fahrt dahin rief er mich an und kündigte eine halbstündige Verspätung an. Ich habe die Zeit genutzt und bin noch mal beim Wattyeti vorbeigefahren. Liegt ja ganz in der Nähe. Seine Frau hat mir bestätigt, dass er an den Entführungsabenden mit ihr auf dem Sofa vor dem Fernseher gesessen hat. Die Alte ist eine ganz verschüchterte Huschmaus. Ich glaube nicht, dass die mich belogen hat."

Die Kommissarin war skeptisch. „Was heißt: ‚Ich glaube'? Ihr Mann kann sie unter Druck gesetzt haben. Wir lassen ihn auf jeden Fall auf unserer Liste. Der Schauspieler Ferdinand Schönert hatte mit allen Frauen am Set Streit. Die Regieassistentin Monique Minthorn hat sowohl die tote Kostümbildnerin als auch die verschwundene Maskenbildnerin als Letzte gesehen. Aber die wird bei ihrer zarten Statur nicht so kräftige Schläge mit einem Schäkel ausgeführt haben können, die solche Verletzungen zur Folge hatten, wie wir sie bei Jennifer Schorn gesehen haben. Außerdem sehe ich bei ihr überhaupt kein Motiv, und auch die Motive der anderen sind ja mehr als dünn. Die Schwere der Verletzungen spricht dafür, dass die Tat von einem kräftigen Mann ausgeführt wurde. Davon haben wir ja noch einige auf unserer Liste. Der Tim Schumann, dieser pädophile Narziss, ist groß und kräftig, und Pille, der von allen gescheucht wird und jeden Dreck machen muss, ist ja auch nicht gerade klein und schmächtig. Dabei fällt mir ein, dass bei unseren Ermittlungen einige Male der Name eines Mannes genannt wurde, den wir noch nicht befragt haben. Gunthram Vallay, der wurde doch bei deinem Besuch in der Butjenter Nachtigall genannt."

„Ja, das stimmt."

„Dann sollten wir uns mal um den Mann kümmern. Ich schlage vor, dass du ihn in – wie heißt der Ort noch gleich, in dem er wohnt?"

„In Sinsum!"

„Ach ja, komischer Name. Also, ich schlage vor, dass du ihn dort besuchst, und sieh dir die Frau an, mit der er zusammenlebt. Eine ehemalige Schauspielerin, die sich, aus welchen Gründen auch immer, an der Valentine Production rächen will, könnte als Täterin in Frage kommen. Ich werde mich bei den Filmleuten mal nach den beiden erkundigen."

„Gute Idee, Chefin. Du hast wohl Sehnsucht nach Tim Schumann ..."

Die Kommissarin nahm einen Aktenordner von ihrem Schreibtisch und machte eine Wurfbewegung in Richtung ihres Kollegen. Der nahm schützend beide Arme vor seinen Kopf. „Ich bin ja schon weg."

DANGAST, DIE VIERTE

Gedreht wurden heute Außenaufnahmen auf dem Deich. Die Requisite hatte eine Staffelei mit einem halbfertigen Bild und Malutensilien auf der Deichkrone aufgebaut. Tim Schumann stand im Kostüm des Franz Radziwill vor der Staffelei. Offensichtlich wurde eine Szene zwischen Radziwill und seiner Frau Johanna Ingeborg gedreht, denn neben ihm stand die Schauspielerin Regina Schönefelder in einer etwas altmodisch anmutenden Kleidung. Sie hatten einen Dialog miteinander, den die Kommissarin aber nicht verstehen konnte. Sie war von einem der beiden Praktikanten, die darauf achteten, dass keine Gaffer ins Bild liefen, gebeten worden, auf das „Danke" des Regisseurs zu warten. Über Walky Talky würde er dann den Set-Aufnahmeleiter von dem Besuch der Kripo verständigen.

Jeanette Alt verfolgte die Dreharbeiten noch keine zehn Minuten, als das „Danke" des Regisseurs lautstark ertönte. Wolfgang Kluge, der Kameramann, hatte einen Einwand: „Aber wir wollten doch noch ..."

Der Regisseur unterbrach ihn: „Das verspielt sich. Den Rest korrigiere ich im Schnitt. Wir bauen jetzt um."

„Zwanzig Minuten Umbaupause", ergänzte der Aufnahmeleiter mit großer Lautstärke.

Während der Requisiteur und sein Assistent den Deich hinaufstürmten, um die Staffelei und die anderen Gegenstände, die sie für die gerade abgedrehten Bilder aufgebaut hatten, wieder herunterzuholen, kamen die Darsteller, der Regisseur und der vom Praktikanten verständigte Set-Aufnahmeleiter den Deich herunter.

Tim Schumann sah die Kommissarin. „Na, haben Sie Sehnsucht nach mir?"

„Nein, absolut nicht."

„Schade", sagte der Schauspieler und schritt in Richtung seines Wohnmobils davon.

Inzwischen war auch Kai Schmidt herangekommen. „Hallo Frau Alt, was führt Sie zu uns? Schon etwas über den Verbleib unserer Uta Berling herausgefunden?"

„Nein, leider nicht, aber ich würde gern mal mit dem Regisseur sprechen."

„Ich glaube, da haben Sie jetzt eine Chance, wir bauen gerade um. Einen Moment bitte, ich kläre das mal."

Die Kommissarin beobachtete, wie der Set-Aufnahmeleiter zu Hanno Ahrens ging, der noch auf der Deichkrone stand und mit dem Kameramann sprach. Kurze Zeit später kam der Regisseur herunter, blieb bei der Kommissarin stehen und begrüßte sie.

„Wir richten gerade ein neues Bild ein. Eigentlich wollte ich die Drehpause nutzen, um mit meiner Assistentin den Einsatz der Komparsen für morgen zu besprechen. Aber wenn es nicht zu lange dauert, dann schießen Sie los."

„Danke, Herr Ahrens. Kennen Sie Gunthram Vallay?"

Der Regisseur schaute sehr erstaunt. Dann sagte er etwas gedehnt: „Ach der Vallay, ja, den kenne ich."

„Können Sie mir etwas über ihn erzählen?"

„Natürlich. Es ist schon ein paar Jahre her, da habe ich ihn in Hamburg in einer Produktion – ausgerechnet mit dem Titel ‚Wilde Begierde' – als Darsteller eingesetzt. Vielleicht haben Sie den Film gesehen."

„Nein, habe ich nicht."

„Klar, war auch nicht mein bester Film, aber die Einspielergebnisse waren gut. Aber zurück zu Vallay. Nach dem dritten Drehtag passierte es. Er hatte einer jungen Schauspielerin versprochen, sie als Darstellerin in meinem Film unterzubringen. Er wusste genau, dass der Regisseur und die Produktionsleitung die Rollen besetzen. Er hatte als Darsteller überhaupt keinen Einfluss darauf. Und eine Besetzungscouch gab es früher vielleicht in Hollywood, aber bei uns ganz sicher nicht. Er hat sie jedenfalls mit auf sein Hotelzimmer genommen und als Vorableistung für die versprochene Rolle einen Blowjob von ihr verlangt. Als sie sich weigerte, hat er sie halbtot geschlagen. Er ist dann sofort aus der Produktion entlassen worden, und ich musste die drei schon abgedrehten Tage mit einem Ersatzdarsteller nachdrehen. Er hatte bei dem folgenden Prozess einen guten Anwalt und kam mit einer Bewährungsstrafe davon. Es gibt in der Filmbranche zwar keine schwarze Liste, aber die Sache sprach sich herum, und er war beruflich, zumindest für längere Zeit, erledigt."

Der Regisseur schaute auf seine Armbanduhr.

Die Kommissarin bemerkte seinen Blick. „Nur noch ganz kurz. Wissen Sie, was er heute macht?"

„Ich habe es gestern beim Abendessen von einem meiner Darsteller gehört. Er soll hier irgendwo in der Nähe seines Geburtsortes Burhave auf einem heruntergekommenen Resthof leben. Und zwar mit einer älteren, ehemals sehr bekannten Schauspielerin. Das Ganze erinnert mich an einen Klassiker der Filmgeschichte, an Billy Wilders ‚Sunset Boulevard' mit Gloria Swanson, die darin als alternder Stummfilmstar, der den Anschluss an den Tonfilm nicht geschafft hat, einen bizarren Mord begeht. Im Filmkunsttheater in Wilhelmshaven wird der Film bestimmt mal gezeigt." Hanno Ahrens sah wieder auf seine Armbanduhr. „Jetzt muss ich wieder an die Arbeit."

„Ja, natürlich. Ich danke Ihnen für die Informationen."

Der Regisseur nickte. „Ach ja, und noch etwas: Die Presse hat ja über den Todesfall und über unsere vermisste Kollegin aus der Maske ausgiebig berichtet. Jetzt tauchen am Set ununterbrochen Presseleute auf und behindern unsere Dreharbeiten. Es kommt noch die Ermittlung der Polizei dazu, die natürlich nötig ist. Aber das alles macht unsere Arbeit nicht leichter. Vielleicht kann uns die Polizei wenigstens die Presseleute vom Hals halten. Es ist zwar hilfreich, wenn ein Film schon bei der Entstehung Public Relation bekommt, aber nicht auf diese Weise."

Die Kommissarin nahm die Bitte zur Kenntnis, und der Regisseur ging zurück zum inzwischen neu eingerichteten Set.

Als Jeanette Alt in den Wagen stieg, merkte sie, dass sich die Begriffe „bizarrer Mord" und „alternde Schauspielerin" in ihrem Kopf festgesetzt hatten. Sie blickte auf die Uhr. Es war noch reichlich Zeit, um vor der Verabredung mit ihrer Freundin Sylvia Kleinert vom K3 zum Filmkunsttheater zu fahren. In den ersten Wochen ihrer Tätigkeit in Wilhelmshaven, als sie noch niemanden kannte, war sie häufiger ins Kino gegangen. Im Filmkunsttheater der Stadt hatte sie einige Filme der anspruchsvollen Art gesehen.

HOLLYWOOD

Das Kino war geschlossen. Durch die Scheiben des Vorraumes sah die Kommissarin einen Mann, der an einem Tisch mit Filmspulen-Dosen hantierte. Sie klopfte an die Scheibe.

Der Mann sah auf, kam zur Tür und öffnete. „Wir haben heute keine Vorstellung."

„Guten Tag. Ich bin von der Kriminalpolizei und hätte nur gern eine Auskunft."

Der Mann lächelte. „Wenn's nur um eine Auskunft geht, dann kommen Sie herein."

Die Kommissarin trat ein, und der Mann schloss wieder hinter ihr ab.

„Mein Name ist Jeanette Alt, und ich würde gerne von Ihnen etwas über einen Film hören – falls Sie mir etwas darüber erzählen können."

Der Mann stellte sich vor: „Mein Name ist Oliver Wichmann. Ich betreibe dieses Filmtheater." Er ging zu einer Musikanlage hinter dem Tresen des Vorraumes und stellte die Lautstärke etwas leiser. „Meine zweite Liebe, der Jazz. Miles Davis darf ich sicher weiter laufen lassen. Meine erste Liebe gehört natürlich den Filmklassikern." Er nahm eine Filmdose hoch. „Ich bereite gerade eine französische Woche vor. Filme von Regisseuren wie Jaques Becker, Jules Dassin, Claude Chabrol, Louis Malle, Godard, Clouzot und so weiter. Ich starte nächste Woche mit ‚Die Ferien des Monsieur Hulot'. Von und mit Jacques Tati. Es gibt viele Fans, die Schauspieler wie Jean Gabin, Lino Ventura, Jeanne Moreau, Charles Vanel oder den jungen Alain Delon sehen wollen." Er klopfte mit einer Hand auf den Stapel der vor ihm liegenden Filmdosen. „Alles wunderbare Filme, wie sie heute leider nicht mehr gedreht werden. Vielleicht, weil es nicht mehr so intelligente Regisseure und charismatische Darsteller gibt. Oder weil die jungen Leute heute nur noch in die Multiplex-Kinos gehen, um sich Blockbuster anzusehen. Ich betreibe mein Kino nicht aus Kommerzgründen. Ich zeige nur Filme, hinter denen ich auch stehe. Filme, bei denen ich geweint und gelacht habe." Er legte beide Hände auf die Filmdosen. „Ich arbeite natürlich noch analog."

Er hatte sich so in seinen Vortrag hineingesteigert, dass er seine Besucherin zu vergessen schien. Die Kommissarin räusperte sich.

Oliver Wichmann kam zur Besinnung. „Ach, entschuldigen Sie bitte. Was wollen Sie von mir hören?"

„Können Sie mir etwas über den Film ‚Sunset Boulevard' erzählen?"

Der Filmkunsttheaterbetreiber erwies sich – wie nicht anders zu erwarten war – als ausgesprochener Cineast. „Aha, ‚Boulevard der Dämmerung', so der deutsche Titel. Regie Billy Wilder. Hat drei oder vier Oscars bekommen. Mit Gloria Swanson als Norma Desmond, Erich von Stroheim als Max von Mayerling, und einem grandiosen William Holden als Joe Gillis. Norma Desmond ist eine alternde Stummfilmdiva, die den Sprung zum Tonfilm nicht geschafft hat. Sie lebt in einer heruntergekommenen Villa und hat nicht realisiert, dass sie nicht mehr im Geschäft und auch kein großer Star mehr ist. Als einzige Bezugsperson hat sie nur noch Max von Mayerling, ihren Ex-Regisseur, Ex-Ehemann und jetzt Diener und Chauffeur. Erich von Stroheim ist in dieser Rolle unübertroffen. Der Film endet mit einer Tragödie. Norma Desmond wird von der Polizei als Mörderin abgeführt. Sie geht mit den Polizisten aus dem Haus, als ob sie eine große Szene spielt, und sagt: ‚Ich bin bereit für meine Nahaufnahme'. William Holden ist übrigens trotz seiner großen Erfolge, wie so viele der großen Hollywood-Stars, einsam und verbittert gestorben. Als die Tür seiner Wohnung aufgebrochen und er gefunden wurde, war er schon mehrere Tage tot. Gloria Swanson ist übrigens über die Besetzungscouch ein Star geworden."

Auch hier die Erwähnung dieser Couch, dachte Jeanette Alt und hakte nach: „Besetzungscouch?" Oliver Wichmann konnte diesen Begriff ebenfalls ausführlich und druckreif beschreiben. „Während der Blütezeit der Hollywood-Sexgöttinnen war es üblich, dass die Produzenten und anderen Entscheider über die Besetzung der weiblichen Rollen die Bewerberinnen um die zu vergebenen Rollen erst einmal im Bett testeten. Eben auf der Besetzungscouch. Gloria Swanson hatte ich erwähnt. Aber auch Darstellerinnen wie Jean Harlow, Joan Crawford, Ava Gardner, Lana Turner, Rita Hayworth, Grace Kelly, Marilyn Monroe und andere legten das Examen auf der Besetzungscouch ab, um ans Ziel ihrer Träume zu gelangen. Sobald zum Beispiel bei dem berühmten Hollywood-Produzenten David O. Selznick eine attraktive junge Schauspielerin in seinem Büro erschien, herrschte er sie sofort an, sie solle bloß nicht seine Zeit mit Gerede vergeuden. Er sprach nie mit Frauen, die noch etwas anhatten. Sobald sie nackt waren, zog er eine Reitgerte hervor und fragte sie, ob sie bereit seien, für ihre Kunst zu leiden. MGM-Boss Louis B. Mayer galt als König der Besetzungscouch." Oliver Wichmann atmete durch. „Als Frau von der Kripo sind Sie ja sicher einiges gewohnt. Und ich sollte Ihnen den Begriff ja auch erläutern. Also, Marylin Monroe ging – um ans Ziel ihrer Träume zu kommen – mit halb Hollywood ins Bett, einschließlich Marlon Brando, Frank Sinatra und den Kennedy-Brüdern John F. und Bobby. Ein Besetzungschef bei Twentieth Century Fox ließ sie die Runde bei den einzelnen Studioleitern machen und gab ihr ein verschlossenes Empfehlungsschreiben mit auf den Weg. Nachdem die Studiochefs es gelesen hatten, machten alle das Gleiche – sie kamen hinter ihren Schreibtischen hervor und ließen die Hosen herunter. Es dauerte einige Zeit, bis die Monroe wusste, was in dem Brief stand: ‚Dieses Mädchen bläst Ihnen gerne einen'. Später sagte sie über ihre Anfänge im Filmgeschäft: ‚Ich habe viel Zeit auf Knien verbracht'. Wenn auch im heutigen Film- und Fernsehgeschäft die Karrieren nicht mehr in dieser ausgeprägten Form beginnen, gibt es doch einige Regisseure, die sich bei der Vergabe der Rollen von attraktiven Anfängerinnen auf ähnliche Weise beeinflussen lassen."

Die Kommissarin hatte genug gehört. „Danke, ich bin im Bilde. Um Mathilde Koller-Elberfeld zu kennen, sind Sie sicher zu jung?"

Oliver Wichmann war leicht beleidigt. „Natürlich kenne ich die. Allerdings nur von der Leinwand. Vor Jahrzehnten eine große Schauspielerin. Ich glaube, dass sie der Swanson sogar ihre Stimme gegeben hat, sie also synchronisiert hat, meine ich. Aber da bin ich mir nicht ganz sicher. Auf jeden Fall eine der ganz Großen des deutschen Nachkriegsfilms. Eine exotische Schönheit, die schon als blutjunge Schauspielerin einen hohen Männerverschleiß hatte. Sie bekam exorbitant hohe Gagen und hatte auch Hollywood-Angebote, die sie aber wegen ihrer mangelnden Englischkenntnisse ablehnen musste. Wenn Filme mit Mathilde Koller-Elberfeld liefen, waren die großen Kinosäle voll. Fernsehen gab es damals ja noch nicht."

Miles Davis hatte inzwischen sein „Kind of Blue" beendet. Oliver Wichmann ging zur Musikanlage und legte eine neue CD ein. „Charly Parker, ‚Bird Feathers'", sagte er.

Jeanette Alt bedankte sich noch einmal. Der Kinobetreiber wehrte ab. „Ist doch gern geschehen. Leider läuft meine Billy-Wilder-Woche erst in drei Monaten. Aber in den dritten Programmen und auf ARTE wird der Film immer wieder mal gezeigt."

„Prima, wenn nicht, bin ich spätestens in drei Monaten wieder hier. Ein Wort noch zu einem Gunthram Vallay. Können Sie mir zu dem etwas sagen?"

Auch in diesem Fall war der Cineast sachkundig. „Ein eher unbedeutender Darsteller. Ein paar Nebenrollen in ebenso unbedeutenden Filmen. In den sechziger und siebziger Jahren, als in der Hübner-Ära in Bremen mit den Regisseuren Peter Zadek, Rainer Werner Fassbinder und Wilfried Minks Theatergeschichte geschrieben wurde, war er dort mal eine Spielzeit engagiert. Er ist aber nicht weiter aufgefallen. Damals waren Bruno Ganz, Margit Carstensen und andere die großen Protagonisten."

Die Kommissarin war schon mit einem „Danke" an der Tür, als der Kinobetreiber noch etwas fragte. „Übrigens, weshalb fragen Sie nach dem Mann? Er und die Koller-Elberfeld wohnen irgendwo in der Gegend am Jadebusen."

„Wir ermitteln in einem Fall, bei dem die beiden eventuell eine Rolle spielen."

„Ach so", sagte Oliver Wichmann und ließ Jeanette Alt hinaus.

SINSUM, DIE ZWEITE

Seit der Kripobeamte Enno Bollmann die Butjadinger Straße verlassen hatte und Richtung Sinsum gefahren war, hatte er nur ein paar Höfe passiert, und ihm war kein einziges Fahrzeug entgegengekommen, bis er bei den verfallenen Gebäuden, in denen Mathilde Koller-Elberfeld und Gunthram Vallay wohnten, angekommen war. Er kurvte zwischen wild wucherndem Holunder, ausufernden, dornigen Brombeersträuchern und seit Jahren nicht mehr gestutzten Ligusterhecken auf den Hof. Jeweils seitlich der beiden Eingangspfeiler, von denen einer aus der Verankerung gerissen war und total schief stand, lagen vollständig zugewachsene Rabatten, in denen verblühte Hortensien auf einen ehemals gepflegten Bauerngarten schließen ließen.

Enno Bollmann hatte Mühe, zwischen all dem Gerümpel eine Gasse zum Eingangsbereich des Wohnhauses zu finden. Auffällig für ihn war die große Anzahl leerer Bierdosen und Schnapsflaschen, die zwischen den ausrangierten, defekten und verrosteten Landmaschinenteilen herumlagen. Vor der Eingangstür des Wohnhauses war gerade noch so viel Platz, dass er seinen Wagen neben einem alten VW-Transporter abstellen konnte.

Als er ausgestiegen war, öffnete sich die Tür, und eine Frau trat ihm nicht entgegen, sondern wankte mit einer Schnapsflasche in der Hand auf ihn zu. Sie hatte ihre blondgefärbten Haare zu einem Pferdeschwanz gebunden. Das Rouge auf ihren Wangen beherrschte ihr Gesicht. Der tiefe Ausschnitt ihres altmodischen Kleides ließ Teile eines spindeldürren, vertrockneten Körpers sehen. Die hohen Wangenknochen und die großen Augen der Frau ließen ahnen, dass sie vor Jahrzehnten vielleicht eine Schönheit gewesen war. Das jetzige Aussehen erinnerte Enno Bollmann, trotz der vielen Farbe im Gesicht, an die mumifizierten Leichen, die er einmal während einer Klassenfahrt im Bleikeller des Bremer Doms gesehen hatte.

Die Frau sah ihn an, stellte die fast leere Schnapsflasche auf den Boden, nahm die brennende Zigarette aus dem Mund und lallte: „Wollen Sie mir den Vertrag bringen?"

Bevor der Beamte seinen Ausweis aus der Tasche ziehen und antworten konnte, trat ein Mann aus dem Haus. Er legte seine Hand auf die Schulter der Frau. „Für dich gibt es schon lange keine Verträge mehr. Und auch in Zukunft wirst du keine Filme mehr drehen. So, und jetzt geh wieder hinein."

Die Frau bückte sich, nahm die Schnapsflasche hoch und trollte sich wieder, wobei sie Unverständliches vor sich hinmurmelte.

Enno Bollmann hatte inzwischen seinen Ausweis gezückt und stellte sich dem Mann vor. Der gab sich als Gunthram Vallay zu erkennen und bat den Beamten ins Haus. Als Enno Bollmann das Gebäude betrat, verspürte er ein gewisses Unbehagen. Er wusste nicht so recht, warum. Die Räume wurden durch brennende Kerzen erleuchtet.

Die haben ihre Stromrechnung nicht bezahlt, schoss es ihm durch den Kopf. In der geräumigen Diele herrschte die gleiche Unordnung wie auf dem Hof des Anwesens. Aktenordner, Bücher, Zeitschriften, benutztes Geschirr und andere Gegenstände lagen überall herum. Auch hier wieder Bierdosen und leere Schnapsflaschen dazwischen.

Als Vallay einen Stuhl freiräumte, sah sich der Kripobeamte den Mann näher an. Das aufgequollene Gesicht und der aufgedunsene Körper des Mannes ließen erkennen, dass er in der Vergangenheit beim Leeren der Dosen und Flaschen geholfen hatte. Er machte jetzt aber einen hellwachen Eindruck.

Den Verdacht, mit dem Mord und dem Verschwinden der Frauen etwas zu tun zu haben, wies er entrüstet von sich. „Ich habe damit nichts zu tun. Nur gehört habe ich davon. In allen Gaststätten in Butjadingen wird ja nur noch von dieser Sache gesprochen."

„Wobei geht es denn in den Gesprächen?"

„Überwiegend darum, dass der Täter kein Einheimischer sein kann."

Enno Bollmann wollte mehr wissen. „Und über was wird noch so gesprochen?"

„Na, darüber, dass die ermittelnde Kommissarin eine attraktive Frau ist."

Der junge Beamte hatte genug von dem Mann. Er fragte nur noch nach dem Alibi für die fraglichen Tage. Es war sehr dünn, was dann kam.

„Ich habe in letzter Zeit die Abende gemütlich mit Mathilde verbracht. Wir haben uns alte Bilder aus ihrer glanzvollen Vergangenheit angesehen. Sie können diese Frau ja nicht mehr auf der Bühne oder in ihren vielen Filmen erlebt haben. Aber Ihre Eltern werden sie sicher noch kennen, Mathilde Koller-Elberfeld. Sie war mal ein großer Star."

„Sie waren doch auch Schauspieler, wie ich gehört habe."

„Waren? Ich bin Schauspieler, zurzeit nur ohne Engagement", antwortete Vallay, wobei sich sein aufgequollenes Gesicht etwas straffte und sein rechtes Augenlid anfing zu zucken. „Sie werden noch Großes von mir hören."

Der Mann hat einen Tic, und die Frau ist völlig durchgeknallt. Hier komme ich keinen Schritt weiter, dachte Enno Bollmann.

Plötzlich sprudelte es aus dem Schauspieler heraus. „Ich plane einen Film, in dem ich die Hauptrolle spiele und auch Regie führe. Das Drehbuch schreibe ich natürlich auch. Der Film spielt vor und hinter dem Deich und im Watt. Ich arbeite gerade am Drehbuch und muss heute noch einen Location-Check im Watt machen. Sie entschuldigen sicher, wenn ich mich jetzt verabschiede."

Wie auf ein Stichwort erschien Mathilde Koller-Elberfeld im Türrahmen eines der Zimmer, die von der Diele abgingen. Diesmal ohne Schnapsflasche, aber mit einer Zigarette zwischen den Fingern. „Bleib bei mir, lass mich nicht wieder allein!" Mit ihrer freien Hand griff sie nach einem Arm von Vallay, der sie wie ein lästiges Insekt abschüttelte und das Haus verließ. Schwankend lief sie hinter ihm her. Ihre Stimme wurde lauter. In höchstem Crescendo schrie sie ihm nach: „Dann treib dich doch wieder mit den jungen Weibern herum. Aber hier brauchst du dich nicht mehr blicken zu lassen, du verdammtes Schwein!"

Gunthram Vallay schrie zurück. „Ich brauche auch nicht zurückzukommen. Ich habe mein eigenes Domizil!"

Mathilde Koller-Elberfeld verzog sich schluchzend in eines der hinteren Zimmer und ließ den konsternierten Beamten in der Diele stehen. Der verließ das Haus und sah, dass Gunthram Vallay das Anwesen mit dem VW-Transporter bereits verlassen hatte.

Enno Bollmann setzte sich in seinen Wagen, sah auf die Uhr und nahm sein mobiles Telefon, um sich mit seiner Kollegin Jeanette Alt darüber abzustimmen, ob sein Erscheinen im Kommissariat noch erforderlich wäre.

Die Kommissarin nahm das Gespräch sofort an. „Nein, wir sehen uns morgen im Büro. Mein Bedarf an Arbeit ist für heute gedeckt. Es ist ja auch spät genug. Ich bin mit Sylvia Kleinert vom K3 verabredet. Wir wollen mal gepflegt Essen gehen."

Enno Bollmann berichtete kurz von dem gerade hinter ihm liegenden Besuch. „Die Frau ist eine schwerstabhängige Alkoholikerin, und ihr Freund, Lebensgefährte oder Lakai, so genau war das nicht zu erkennen, ist ein Mann, der auch krank ist, unrealistischen Träumen nachjagt und von der Frau ausgehalten wird. Beide leben offensichtlich nur noch in der Vergangenheit."

„Gut, morgen im Büro kannst du dann ausführlicher berichten. Ich habe nach meinem Besuch am Set die Kollegen in Hamburg angerufen und mich nach Gunthram Vallay erkundigt, denn vom Regisseur habe ich etwas von einer alten Geschichte in Hamburg gehört. Er soll schon mal in der Psychiatrie gesessen haben. Aber es ist nichts aktenkundig. Entweder ist er also harmloser als über ihn gesprochen wird, oder es ist alles unter den Teppich gekehrt worden. Dazu morgen mehr."

„Okay, dann guten Appetit und viel Spaß." Enno Bollmann ließ sein Mobiltelefon zuschnappen und verließ den Ort des Elends.

HERAKLES

Sylvia Kleinert saß schon an einem kleinen Ecktisch, als Jeanette Alt etwas abgehetzt zur Tür des Herakles hereinkam. Als sie nach der Begrüßung ihre Jacke ausziehen wollte, eilte Spiros herbei, um ihr dabei zu helfen.

„Aha, ein Kavalier der alten Schule", meinte sie und setzte sich. Sylvia Kleinert sah das genauso. „Ja, bei den jungen Kerlen heutzutage kannst du doch keine Manieren mehr erwarten." Dabei blickte sie dem griechischen Wirt nach, als er zum Tresen ging, um die Speisenkarten zu holen. „Ist er nicht ein Adonis?" fragte sie.

„Mag sein, aber nicht mein Geschmack", antwortete Jeanette Alt und blickte sich um. Es war ein kleines, gemütliches Lokal. Fast alle Tische waren besetzt. „Nett hier", meinte sie und schlug die von Spiros inzwischen gebrachte Karte auf. „Was wollen wir essen? Schwein esse ich wegen der Antibiotika-Spritzerei bei der Mast schon lange nicht mehr, bei Rind bekomme ich auch ein schlechtes Gewissen. Die Tiere werden mit Soja gefüttert. Soja wird dort angebaut, wo vorher noch Regenwald stand, und von EU-Ländern importiert. Und dass die Kühe mit Methan die Atmosphäre vergiften, ist hinlänglich bekannt. Bei Geflügel habe ich wegen der Käfighaltung auch meine Bedenken."

Sylvia Kleinert machte einen Vorschlag: „Lamm-Souvlaki kann ich empfehlen. Damit habe ich noch nie einen Reinfall erlebt. Und als Vorspeise Saganaki, gebackener Schafskäse."

„Gut, dann schließe ich mich an."

Der aufmerksame Wirt kam mit zwei Gläsern Ouzo an den Tisch und nahm die Bestellung entgegen. Der Vorschlag, seinen trockenen weißen Hauswein dazu zu trinken, wurde von beiden akzeptiert.

Sylvia Kleinert fragte: „Warst du schon mal auf Kreta?"
„Nein, in Griechenland überhaupt noch nicht."

„Ich kenne einige Küstenorte und die Inseln Kreta, Samos und Rhodos. Der Süden von Kreta hat mir am besten gefallen. Dort ist es noch ursprünglich. Keine Touristen-Hochburgen; dafür einfache, aber saubere Appartements, die von den Bauern vermietet werden. Da lernst du Land und Leute kennen. Besonders, wenn du Lust und Fitness zum Wandern hast. Ich würde nie im Norden in einem So-und-so-viel-Sterne-Hotel Urlaub machen wollen. Eine grauenhafte Vorstellung, den ganzen Tag am Pool zu liegen und von irgendwelchen Lackaffen umgeben zu sein. Im nächsten Frühsommer will ich wieder hin. Vielleicht hast du Lust mitzukommen?"

Spiros brachte die Vorspeise und den Wein. „Bitte sehr, die Damen. Guten Appetit!" Dabei blickte er Jeanette Alt an.

Als er gegangen war, meinte Sylvia Kleinert: „Der sieht mich gar nicht mehr. Der hat nur noch Augen für dich."

„Ach was, das bildest du dir nur ein. Außerdem habe ich noch nicht das Bedürfnis nach einer neuen Beziehung."

Sie prosteten sich zu und tranken. Sylvia Kleinert nahm den Faden wieder auf. „Falls er nicht dein Typ ist, wäre am Stammtisch, genau in deiner Blickrichtung, vielleicht etwas für dich dabei."

Jeanette Alt waren die vier Gäste an dem Tisch schon beim Hereinkommen aufgefallen. Alles gestandene, kernige Männer im besten Alter. Ihre neue Freundin klärte sie auf: „Reinhold, der schlanke mit der Glatze, ist Autohändler. Rechts neben ihm, der Untersetzte ist Wolfgang. Er hat einen Garten- und Landschaftsbaubetrieb. Neben ihm sitzt Meinhard. Er ist Kapitän eines Öltankers. Und der mit dem Hut auf dem Kopf – sein Markenzeichen – ist Klaus, ein Kunstmaler. Seine Marinebilder verkaufen sich offenbar sehr gut. Und das Schönste kommt zum Schluss: Diese Männer sind alle solo."

Jeanette Alt wunderte sich. „Du bist ja bestens informiert."

„Das bleibt nicht aus. Die Stammgäste, zu denen ich mich ja auch zähle, kennen sich hier alle. Aber erzähl doch mal, weshalb du kein Bedürfnis nach einer Beziehung hast."

„Kein Bedürfnis nach einer neuen Beziehung, habe ich gesagt. Ich habe noch immer von der Trennung und der Scheidung im letzten Jahr die Nase voll."

Sylvia Kleinert wurde neugierig. „Du warst verheiratet?"

„Ja, es war die reine Katastrophe. Es begann im siebten Himmel. Ich lernte ihn in Berlin kennen. Immo, ein gutaussehender junger Rechtsanwalt. Ein toller Mann, und ich war total verliebt. Ich konnte gar nicht schnell genug heiraten, als er mir einen Antrag machte. Eine richtig spießige Hochzeitsfeier mit Brautkleid und Smoking. Die Schwiegereltern engagierten einen als Schornsteinfeger verkleideten Typen. Der ließ weiße Tauben aufsteigen, und die festlich gekleideten Gäste klatschten Beifall. Auch sonst war es eine richtige Kleinbürgerhochzeit mit Oma, Opa, Tante Lisbeth und der ganzen familiären Mischpoke."

Nachdem Sylvia Kleinert noch zwei Gläser Wein nachbestellt hatte, wollte sie mehr wissen. „Warum hast du den ganzen Affenzirkus denn mitgemacht?"

„Ach, ich war jung, naiv und total verliebt. Ich habe erst später erkannt, dass die Hochzeitsfeier eine grandiose Schaumschlägerei war. Es stellte sich heraus, dass die Familie durch dubiose Immobiliengeschäfte mit kriminellen Machenschaften meines Schwiegervaters total verschuldet war. Und Immo hing da auch mit drin. Drei Jahre nach der Hochzeit war alles im Arsch. Der tolle Mann entpuppte sich als Rechtsverdreher und übler Fremdgeher und zog mit seinen Saufkumpanen aus Junggesellenzeiten um die Häuser. Als ich neben meinem Job und der Ausbildung zur Kommissarin unser Kind aufzog, war er keine Hilfe für mich sondern eine zusätzliche Belastung."

„Du hast ein Kind?"

„Ja, einen süßen Jungen, Jonas. Er lebt bei meinen Eltern. Sie kümmern sich sehr liebevoll um ihn. An den Wochenenden und wann immer ich kann, bin ich bei ihnen."

„Wie alt ist dein Junge?"

„Er wird nächste Woche drei Jahre alt. Er entwickelt sich auch ohne Vater sehr gut. Der Gipfel war erreicht, als ich einmal früher nach Haus kam, als von Immo erwartet. Ich erwischte ihn dabei, wie er auf dem Küchentisch unser polnisches Aupair-Mädchen vögelte. Ich habe dann einen Schlussstrich unter unsere Ehe gezogen."

Sylvia Kleinert fragte nicht mehr nach weiteren Einzelheiten. Die beiden Freundinnen hoben ihre Weingläser.

Spiros kam an den Tisch und brachte das Lamm-Souvlaki. Er blickte Jeanette Alt an. „Ich hoffe, dass es Ihnen bei mir schmeckt."

„Ja, die Vorspeise war sehr gut."

Spiros sah, dass die Weingläser leer waren. „Noch zwei Wein, die Damen?"

„Ja, bitte."

Spiros ging mit den leeren Gläsern zur Theke.

Sylvia Kleinert wurde einsilbig. „Der sieht mich nicht mehr."

„Ach, nimm ihn doch so, wie er ist. Es gibt schließlich genug andere Männer."

„Da hast du recht."

Spiros kam mit einem Tablett und stellte zwei Gläser Wein und zwei Ouzo auf den Tisch. „Der Ouzo geht aufs Haus, meine Damen."

„Na prost", sagte Sylvia Kleinert. „In der Kantine haben wir gestern über euren Fall mit der getöteten Frau vom Film gesprochen. Der Täter muss ja wohl ein psychisch gestörter Gewalttäter sein. Ihr tretet da auf der Stelle?"

„Ja, wir haben ein paar Verdächtige, aber keine heiße Spur, die zu einem von ihnen führt."

„Was ist denn mit dem Tim Schumann? Ich habe ihn einige Male im Fernsehen und auch im Kino gesehen. Eigentlich ein toller Typ."

Jeanette Alt fiel fast die Gabel aus der Hand, mit der sie gerade ein Stück Lamm-Souvlaki zum Mund führte. „Ein toller Typ? Das ist der widerlichste Kotzbrocken, der mir in meinem Leben begegnet ist. Ein selbstverliebter Egomane mit pädophilen Neigungen und einer Passion für Arp-Schnitger-Orgeln ist das! Ich kann dir gerne eine Autogrammkarte von ihm besorgen."

Sylvia Kleinert lachte. „Nein danke, aus dem Alter bin ich raus."

In dem Moment trat Meinhard, der Tankerkapitän, an ihren Tisch. „Hallo Sylvia, willst du uns die hübsche Unbekannte nicht vorstellen? Ihr könnt gerne an unseren Tisch kommen. Reinhold gibt ne Runde aus. Ich muss leider schon los. Der Dienst ruft."

Sylvia bedankte sich. „Das ist Jeanette, eine neue Kollegin. Wir wollen auch gleich gehen. Vielleicht beim nächsten Zusammentreffen."

„Wir kommen darauf zurück", meinte Meinhard und verabschiedete sich.

Spiros hatte gesehen, dass die beiden Freundinnen ihr Essen beendet hatten. Er stand schon wieder bei ihnen. „Noch eine leckere Nachspeise, meine Damen? Vielleicht Halva oder Joghurt mit Honig und Walnüssen?"

Jeanette Alt lehnte ab. „Nein danke, ich kann nicht mehr."

Sylvia Kleinert schloss sich an. „Ich auch nicht. Aber ein Glas Wein können wir noch."

Spiros ging mit den leeren Gläsern.

„Das ist aber das letzte Glas", meinte Jeanette Alt. „Ich merke schon die Wirkung des Alkohols."

„Ja, ich habe dann auch genug. Wir sind vorhin unterbrochen worden. Wie stehst du zu meinem Vorschlag mit dem gemeinsamen Kretaurlaub?"

„Warum nicht. Ich muss nächstes Jahr meine Großmutter in Berlin bei der Übersiedlung ins Seniorenheim unterstützen und den ganzen Papierkram erledigen. Der Termin steht noch nicht fest. Wenn ich Klarheit habe, sage ich es dir. Du musst den Urlaub ja nicht gleich morgen buchen."

Spiros brachte den Wein. Nachdem Sylvia Kleinert noch ausführlich ihren letzten Kretaurlaub geschildert hatte, baten die Freundinnen um die Rechnung.

Als der Wirt mit der Rechnung kam, stellte er zwei Ouzo auf den Tisch. „Die gehen aufs Haus."

Beim Verlassen des Herakles nickten die beiden Freundinnen zum Stammtisch hinüber, an dem jetzt nur noch drei Männer saßen.

Die Entführung

Mit dem Abend war die Stille zurückgekehrt. Der alte VW-Transporter stand schon seit einigen Tagen um die gleiche Zeit vor dem Haus. Der Fahrer wartete auf eine günstige Gelegenheit. An diesem vierten Tag wurde er für seine Geduld belohnt. Er sah im Rückspiegel, wie die Frau auf dem Bürgersteig langsam in seine Richtung schlenderte. Es gab keinen Zweifel. Sie war es. Kurz bevor sie auf Höhe seines Autos war, holte sie den Schlüssel für ihr Wohnhaus aus der Handtasche. Im gleichen Moment stieg der Mann aus, ging um den Wagen herum, öffnete die zum Bürgersteig gelegene, seitliche Schiebetür, drehte sich scheinbar gelangweilt herum, wobei er feststellte, dass zu dieser späten Abendstunde keine weiteren Passanten auf der Straße waren. Dann war die junge Frau auch schon auf seiner Höhe. Mit einem kräftigen Griff packte er die Frau, die vor Schreck sprachlos schien, und stieß sie in seinen Wagen. Er zerrte ihr die Handtasche, die sie krampfhaft festhielt, aus den Händen. Der Lederriemen riss ab. Erst nachdem er die Fahrzeugtür hinter ihr zugeschlagen und abgeschlossen hatte, wieder auf dem Fahrersitz saß und Gas gab, hörte er schwach ihre Hilferufe und das Klopfen von Fäusten an das Innere der Wagentür.

„Das nützt dir gar nichts, du kleine Schlampe, du kommst mir bei meinen Absichten nicht mehr in die Quere", murmelte er, während er sein Fahrzeug aus der Stadt heraus in Richtung Eckwarden lenkte.

Jeanette Alt beruhigte sich. Sie kam zur Besinnung. Sie dachte nach. Was ist passiert? Ich habe mich wie eine dumme kleine Gans von dem Mann übertölpeln lassen. Ich habe meine Handtasche festgehalten, als ob ich erwartet habe, dass es nur ein gemeiner Handtaschenräuber ist. Meine Dienstwaffe habe ich zu dem Abendessen nicht mitgenommen. Ich habe zu viel Wein getrunken. In der Situation eben habe ich alles vergessen, was ich auf der Polizeischule und in Seminaren über das Verhalten in einem solchen Fall gelernt habe.

Sie tastete in dem dunklen Wagen den Boden, die Decke und die Wände ab. Außer einer Matratze, auf der sie hockte, befand sich nichts in dem Fahrzeug. Sie überlegte weiter. Wer ist der Mann? Ein Mitglied des Filmteams ist es nicht. Die haben wir ja alle befragt. Der Wattyeti? Gunthram Vallay? Raik Lawitzke? Lars Poppinga? Nach den Schilderungen von Enno Bollmann, der diesen Personenkreis befragt hatte, sollen das ja alles – wie der Mann, von dem ich überwältigt wurde – große, kräftige Kerle sein. Ich kenne den Mann nicht. Wenn er Jennifer Schorn getötet hat, was hat er mit mir vor? Meine Chance kommt, wenn er dort angekommen ist, wo immer er auch mit mir hinfährt, und die Wagentür öffnet. Ich muss ihn dann außer Gefecht setzen.

In Gedanken spielte sie die Möglichkeiten, die sich dann bieten könnten, durch. Ihre Stimmung besserte sich etwas.

Der Mann war mit seinem Fahrzeug in Eckwardersiel angekommen. Er fuhr über den Deich auf den Parkplatz des kleinen Hafens und parkte zwischen zwei hohen Stapeln von Baumaterial, welches hier für Ausbesserungsarbeiten gelagert wurde. Bevor er ausstieg, nahm er eine auf dem Beifahrersitz liegende Schnapsflasche und trank einen Schluck. Nachdem er ausgestiegen war, ging er um einen der beiden Stapel herum und blickte aufs Meer. Der Spätsommer schien vorbei zu sein, denn der Wind blies schon schneidend vom Wasser her. Das Rauschen der Brandung war noch zu hören und wie die See gegen die steinernen Buhnen schlug. Wir haben noch Flut, dachte der Mann. Er vergewisserte sich, dass zu dieser Nachtstunde kein Mensch mehr vor, hinter oder auf dem Deich war. Dann untersuchte er den Inhalt der Handtasche, die er der Frau entrissen hatte. Kamm, Schminktasche, Papiertaschentücher, eine Geldbörse und ein Mobiltelefon. Das Telefon war nicht eingeschaltet. Er warf es in hohem Bogen ins Wasser. Im gleichen Moment wusste er, dass er einen Fehler gemacht hatte. Bei Ebbe könnte das Telefon womöglich von einem Wattwanderer entdeckt werden. Er fluchte leise vor sich hin, aber er beruhigte sich wieder. Das ablaufende Wasser würde das Telefon sicher in die Weite des Jadebusens mitnehmen. Er legte die Tasche mit dem restlichen Inhalt auf den Beifahrersitz. Dann nahm er einen offenen Holzkasten, der mit allerhand Utensilien gefüllt war, aus dem Fußbereich und machte sich an der Rückfront seines Wagens zu schaffen.

Jeanette Alt hatte versucht, die Geräusche, die sie nach dem Halt des Wagens schwach vernehmen konnte, einzuordnen. Aber es war nicht möglich, daraus irgendwelche Erkenntnisse zu gewinnen. Es blieb ihr nichts anderes übrig, als auf der Matratze hockend die nächsten Schritte ihres Entführers abzuwarten. Es dauerte nicht lange, und ein vages Geräusch war zu hören. Sie vernahm kein Brummen, kein Zischen, sondern es lag etwas in der Luft, wie ein ganz leises Wispern. Sie registrierte es auch nur, weil alle ihre Nerven bis zum Zerreißen gespannt waren. Sie versuchte, die Ursache zu lokalisieren. Mit beiden Handflächen tastete sie die Wände und die Decke des Wagens noch einmal ab, fand in der absoluten Dunkelheit des geschlossenen Transporters aber nichts.

Dann fiel es ihr ein. Am Anfang ihrer Laufbahn ging es bei einem Lehrgang um Gefahrenprävention beim Übernachten auf Rastplätzen. Osteuropäische Banden hatten sich darauf spezialisiert, nachts durch gekippte Fenster von Campingfahrzeugen Betäubungsmittel in das Innere der Wagen zu leiten. Wenn die Besitzer dann in den komaähnlichen Tiefschlaf gefallen waren, konnten die Räuber die Tür aufhebeln und die Fahrzeuge in aller Ruhe ausräumen. Die angehende

Kommissarin hatte sich damals darüber gewundert, wie viel Schmuck die Geschädigten in ihren Campingfahrzeugen dabeigehabt hatten. Sofort begann sie, die Wände des Wagens noch einmal abzutasten. Irgendwo muss eine Öffnung sein, durch die ein Betäubungsmittel hereinkommt. Nichts, wieder nichts. Leichte Panik ergriff sie. Verdammte Scheiße, ich kann nichts, aber auch gar nichts unternehmen.
Sie spürte, dass sie müde wurde. Der unbedingte Wille, wachzubleiben, funktionierte nicht. Sie sank auf der Matratze zusammen.

Nachdem der Mann von der Deichkrone aus im fahlen Licht des Halbmondes die Umgebung noch einmal überprüft und nichts Auffälliges bemerkt hatte, stellte er seinen Holzkasten mit den Utensilien wieder in das Führerhaus seines Wagens und öffnete dann die Hecktür der Ladefläche. Er betrachtete einen Moment die zusammengesunkene und im Tiefschlaf liegende Frau, zog ihr die Jacke aus, um ihr dann – ohne sich mit den Knöpfen aufzuhalten – die Bluse und den Büstenhalter vom Oberkörper zu reißen. Anschließend verfuhr er mit Hose und Slip auf ähnlich brutale Weise. Dann ging er noch einmal zum Führerhaus des Wagens und nahm aus seinem Holzkasten eine dünne, aber feste Leine. Nach einem kräftigen Schluck aus seiner Schnapsflasche band er mit der Hälfte der Leine, die er mit seinem scharfen Taschenmesser abgetrennt hatte, die Hände der Frau auf dem Rücken zusammen. Er drehte sie in Rückenlage und betrachtete sie wieder. Nach einer Weile bemerkte er, dass die Frau aus ihrer Ohnmacht erwachte.

Er sprach sie direkt an: „So, meine kleine Bullenschlampe, jetzt werde ich es dir mal so richtig besorgen."

Er bekam eine Erektion. Hastig zog er seine Hose zusammen mit der Unterhose runter und streifte sie mit den Schuhen von den Füßen. Dann kletterte er in den Wagen und warf sich auf sein Opfer, wobei er der Frau brutal die Beine auseinanderdrückte. Obwohl Jeanette Alt inzwischen aus ihrer Ohnmacht erwacht war, blieb sie ganz ruhig. Sie blickte ihn an und sagte nichts. Das irritierte ihn völlig. Er merkte, wie seine Erektion nachließ. Er holte mit seinem rechten Arm aus und schlug seinem Opfer mit der flachen Hand klatschend ins Gesicht. Fluchend schob er sich dann von der Kommissarin und aus dem Wagen und zog sich seine Hosen und die Schuhe wieder an.

„Dann werden wir eben andere Saiten aufziehen, mal sehen, was du dazu sagst. Ich lass mich von einem Bullenweib doch nicht verarschen. Du wirst dir wie die beiden Filmtussis, die mich mehr angetörnt haben, weil sie nicht wie du so stumm wie Fische waren, die Nordseewellen von unten ansehen können."

Trotz der Dunkelheit bemerkte Jeanette Alt, dass der Mann völlig von Sinnen war. Sie dachte an ihre Ausbildungszeit in Berlin. Es ging um das Krankheitsbild von Psychopathen. Nach Schätzungen von Neurowissenschaftlern sollen in jeder Stadt ein bis zwei Prozent Psychopathen leben. In Berlin – so wurde den angehenden Kommissaren damals vermittelt – würden demnach über 40.000 Psychopathen frei herumlaufen. Der Dozent hatte erklärt, dass Menschen mit dieser Krankheit ihre Opfer mit soviel Anteilnahme zerstückeln können, wie andere im Restaurant ihr Lammfilet zerschneiden.

Der Mann holte einen alten Lappen, aus dem er einen Knebel fertigte, den er ihr mit Gewalt in den Mund stopfte und hinter ihrem Kopf fest verknotete. Mit der zweiten Hälfte seiner Leine band er der Kommissarin die Beine über den Fesseln zusammen. Dabei murmelte er mehr vor sich hin, als dass er sein Opfer ansprach: „Eigentlich müssen ja nur die Weiber der Valentine Production dran glauben. Aber du scheinst ja eine ganz Helle zu sein. Ich habe dich beobachtet. Du wirst mich nicht in meinem Auftrag, den ich noch erfüllen muss, aufhalten."

Jeanette Alt spürte, dass sie immer noch keine Chance hatte, an ihrer Situation etwas zu ändern. Ich muss dem Mann den Eindruck vermitteln, dass ich total cool bin, obwohl ich in Wirklichkeit alles andere als das bin. Vielleicht wird er dann nervös und macht eher einen Fehler, sagte sie sich.

Sie hörte, wie der Mann die Tür zum Fahrerhaus des Wagens öffnete und etwas herausholte. Dann hörte sie Geräusche, die sich anhörten, als wenn jemand etwas aufpumpt.

Der pumpt ein Schlauchboot auf. Was hat er mit mir vor? Will er mich bei Ebbe mit dem ablaufenden Wasser ins Meer treiben lassen? So blöd wird er nicht sein. Denn dann wäre meine Überlebenschance groß. Krabbenkutterfischer, Touristen auf Ausflugsschiffen und jede Menge Freizeitskipper könnten morgen früh das treibende Schlauchboot entdecken. Und dann wäre er dran. Denn finden werde ich ihn.

Der Mann prüfte den Druck und fand, dass es genug sei. Er trug die Pumpe mit dem großen Blasebalg wieder in den Wagen und anschließend das Schlauchboot hinunter zum Ufer. Dabei hatte er einige Gleichgewichtsprobleme, denn das Boot war so groß, dass es zwei oder drei Personen bequem aufnehmen konnte. Er legte es kurz vor der Wasserkante ab und befestigte es mit einem halben Schlag an einem Stein der Buhne.

Wieder oben bei seinem Wagen angekommen, blickte er längere Zeit auf sein nacktes, gefesseltes und geknebeltes Opfer. Er nahm noch einen Schluck aus der Schnapsflasche, gab sich einen Ruck, packte die bewegungsunfähige Kommissarin, trug sie hinunter zum Ufer und legte sie – sehr grob dabei vorgehend – ins Boot. Er lief noch einmal hoch, um aus dem Führerhaus seines Wagens Riemen und einen Tampen zu holen und um sein Fahrzeug abzuschließen. Nachdem er noch einmal prüfend in alle Himmelsrichtungen geblickt und nichts Auffälliges bemerkt hatte, ging er wieder zum Schlauchboot hinunter und löste die Leine.

Inzwischen war Mitternacht lange vorüber, und das Wasser begann abzulaufen. Die Ebbe setzte ein. Die Wellen brachen sich noch leicht, um sich immer mehr zurückzuziehen. Sie hinterließen im Sog der zurückgehenden Strömung ein seltsames Geräusch von Saugen und Schmatzen.

Trotz der Dunkelheit registrierte der Mann, dass die Kommissarin ihn mit angsterfüllten Augen ansah und in der Nachtkühle stark zitterte.

„Jetzt geht dir der Arsch auf Grundeis", murmelte er, warf die Riemen auf Jeanette Alt, schob das Schlauchboot ins Wasser und stieg mit nassen Beinen hinein. Mit einem Riemen stieß er sich und seine Fracht kräftig vom Ufer ab und ließ sich mit dem ablaufenden Wasser in den Jadebusen hinaustreiben. Die Riemen benutzte er zum Beschleunigen des Tempos und hielt auch damit Kurs. Er kam gut voran, denn der Wellengang war nicht sehr stark. Nur beim Überqueren von Prielen hatte er wegen der starken Strömung etwas Mühe.

Nach vierzig Minuten hatte er sein Ziel fast erreicht. Die Bake kam in Sicht. Er legte sich noch einmal kräftig in die Riemen und konnte festmachen. Das Boot vertäute er mit dem Tampen mit einem halben Schlag an einer Metallstrebe. Jetzt hieß es warten, bis das Wasser ganz abgelaufen war. Er ärgerte sich, dass er zum Überbrücken der Wartezeit seine Schnapsflasche nicht mitgenommen hatte. So starrte er nur auf sein gefesseltes Opfer.

Jeanette Alt, deren Schmerzen an den gefesselten Armen und Beinen stärker wurden, empfand dadurch die inzwischen empfindliche Kälte nicht mehr so schlimm. Sie blickte im schwachen Schein des Mondes in das Gesicht ihres Peinigers. Die Kommissarin konnte noch klar denken. Der ist völlig durchgeknallt, ein Irrer, ein psychisch Kranker.

Der Mann bemerkte den Blick. „Glotz mich nicht so an", schrie er und nahm ein schmutziges, kariertes Tuch aus seiner Hosentasche und legte es seinem Opfer über das Gesicht. Endlich war es so weit. Das Boot dümpelte nicht mehr. Ein Rauschen der Brandung war schon länger nicht mehr zu vernehmen, und jetzt hatte sich die See weit zurückgezogen. Es war wieder Ebbe.

Der Mann stand auf, hievte die Kommissarin aus dem Schlauchboot und fesselte sie mit dem Tampen aufrecht stehend an eine Strebe der Bake. Dabei musste er sie einige Male aufrichten, weil sie immer wieder wie ein nasser Sack zusammenfiel. Das Taschentuch, das er ihr über das Gesicht gelegt hatte, fiel dabei auf den Wattboden. Jeanette Alt sah, dass sich inzwischen der beginnende Morgen mit schwerem Seenebel wie ein düsterer Schatten in den Jadebusen hineingeschoben hatte. Schwer lag die feuchte Luft auf dem Watt. Der Mann hatte getan, was er tun musste. Nachdem er die Luft aus dem Schlauchboot gelassen hatte, sprach er sein Opfer noch einmal an. „So, du kleine Schlampe, das wird dir gefallen, wenn das Wasser wieder steigt, immer höher und immer höher. In ein paar Stunden ist das Watt, auf dem wir hier stehen, wieder von der Flut überschwemmt. Du wirst es merken, wenn es zuerst deine Beine umspült, dann den Bauch, wie es langsam zu deinen Titten hochsteigt, dann deinen Hals bedeckt, dann wird nur noch dein Kopf zu sehen sein, und dann ..."

Den Satz führte er nicht mehr zu Ende, sondern ließ ein höhnisches Lachen hören, welches mehr wie das Meckern einer Ziege klang. Jeanette Alt spürte den Adrenalinstoß, der durch ihren Körper strömte. Sie konnte klar denken. Sie hatte den Tidenkalender zwar nicht im Kopf, wusste aber, dass nach jeder vernünftigen Berechnung die Flut in einigen Stunden eine Höhe erreicht haben würde, die das Ende für sie bedeutete. Ihr Körper versuchte durch Zittern Wärme zu produzieren. Sie wusste aber, dass durch eine starke Unterkühlung ihr Blutdruck steigen, irgendwann Muskelstarre und eingeschränkte Wahrnehmungsfähigkeit einsetzen würde. Sie wusste auch, dass es vor dem Ertrinken schon über die Bewusstlosigkeit zum Kreislaufversagen kommen könnte. Das war es dann wohl. Tod durch Ertrinken oder Kreislaufversagen! Ganz einfach. Dabei musste ich in der Hauptstadt viel eher damit rechnen, nicht das Rentenalter zu erreichen. Als Geisel bei dem Überfall einer Russenbande auf ein Juweliergeschäft am Hermannplatz. Und auch sonst immer mittendrin im kriminellen Geschehen. Die Aufklärung der Ehrenmorde im Milieu der Migranten in Kreuzberg. Totschlag unter vietnamesischen Zigarettenmafia-Mitgliedern. Die Serie der Villeneinbrüche der rumänischen und afghanischen Banden in Dahlem. Die blutigen Konkurrenzkämpfe der türkischen und russischen Zuhälter über die Aufteilung ihrer Reviere. Die Probleme mit den Zockern der kroatischen Wettmafia. Die Festnahme der polnischen Autoschieberbande. Ich muss gerecht bleiben. Ich bin keine Ausländerhasserin. Mein letzter Fall in Berlin war die Aufklärung eines Mordes in Neukölln. Totschlag durch einen achtzigjährigen Rentner. Er hatte aus Eifersucht seinen sechsundsiebzigjährigen vermeintlichen Nebenbuhler mit einer halbvollen Flasche Doppelkorn den Schädel eingeschlagen.

Der Mann hatte das Schlauchboot zusammengefaltet. Er klemmte es sich unter den Arm und schritt mit weit ausholenden Schritten, so flott es der schwere Wattboden zuließ, in Richtung Deich. Dabei ließ er wieder sein meckerndes Lachen hören und verabschiedete sich mit heiserer Stimme: „Auf See sind wir alle in Gottes Hand."

Die an die Bake gefesselte Jeanette Alt blickte dem im Nebel verschwindenden Mann hinterher, bis das Mondlicht nicht mehr ausreichte und sie ihn auch nicht mehr schemenhaft erkennen konnte. Sie war jetzt in der Weite des Watts allein. Oder doch nicht? Sie spürte eine Bewegung an ihren Füßen. Als sie ihren Kopf, der durch den Tampen straff an die Metallstrebe der Bake gefesselt war, unter Schmerzen mühsam nach vorne drückte und an sich herunterblickte, sah sie, dass sich in der Pfütze, die sich durch die Bewegungen ihrer Füße gebildet hatte, drei handtellergroße Krebse tummelten.

Der Mann war bei seinem Wagen angekommen. Er warf das Schlauchboot hinein und griff zu seiner Schnapsflasche. Er nahm einen Schluck, und die Flasche war leer. In hohem Bogen warf er sie in den Hafen, wo sie zwischen zwei trockengefallenen Booten im Watt liegen blieb. Nachdem er noch einmal auf den im Frühdunst liegenden Jadebusen geblickt hatte, setzte er sich in sein Auto und startete den Motor. Sein Ziel war die Butjenter Nachtigall. Er brauchte Nachschub. Ein Blick auf seine Uhr zeigte ihm, dass die Gaststätte für durstige Gäste, die einen Frühschoppen trinken wollten, schon geöffnet hatte.

Als er eintrat, hörte er, wie der Wirt gerade einem Touristen erläuterte, woher der Name seines Lokals stammte. „Hier in Butjadingen haben wir wohl kaum Nachtigallen. Aber wir haben Frösche, die vor der Laichzeit, wenn es um die Gunst der Weibchen geht, ein ohrenbetäubendes Konzert anstimmen. Das sind unsere Butjenter Nachtigallen."

Der Mann, der aus dem Watt gekommen war, bestellte ein großes Bier, einen doppelten Korn und zwei kalte Frikadellen. Dabei waren seine Gedanken kurz bei dem Opfer draußen, das jetzt sicher an andere Dinge als an Bier und Frikadellen dachte. Dabei lachte er leise vor sich hin. Er bemerkte nicht, wie der Wirt, der Tourist und die anderen Gäste ihn anstarrten, weil er von den Schuhen bis zu den Knien hoch mit Schlamm bedeckt war und einen verwirrten Eindruck machte.

Der Wirt sprach ihn an. „Na, so früh am Morgen schon Wattwürmer ausgegraben?"

Der Mann murmelte etwas Unverständliches, warf einen Zehneuroschein auf den Tresen und verließ die Gaststätte.

IM KOMMISSARIAT, DIE DRITTE

Enno Bollmann saß an seinem Schreibtisch und schälte einen Apfel. Er wunderte sich sehr über die Unpünktlichkeit seiner Kollegin. So spät war sie ohne triftigen Grund noch nie gekommen. Aber sie kam heute gar nicht. Er rief sie auf ihrer Festnetznummer an. Der Anrufbeantworter war eingeschaltet. Apfelkauend hinterließ er die Bitte, sich doch bei ihm zu melden und wählte dann ihre Mobiltelefonnummer. Nichts! Wieder Fehlanzeige.

Was ist denn da los? dachte er. Ihm fiel ein, dass sie sich mit Sylvia Kleinert vom K3 am Vortag zu einem Essen verabredet hatte. Enno Bollmann wusste, dass die Kommissarin aus Berlin in dieser Kollegin eine Freundin gefunden hatte, mit der sie sich auch privat hin und wieder traf. Er verstand es nicht ganz, denn die Kleinert hatte den Ruf, ein ganz heißer Feger zu sein. Er hatte seine neue Kollegin schon einmal damit aufgezogen, dass ihre Ankündigung „Ich gehe heute mit Sylvia Kleinert essen", wohl besser heißen müsste „Ich gehe heute mit Sylvia Kleinert Männer aufreißen". Aber vielleicht war der Ruf der Kleinert nur durch Kantinenklatsch entstanden.

Er rief über das Haustelefon das K3 an und bekam die Kollegin an den Apparat. Er schilderte kurz, dass Jeanette Alt heute nicht erschienen sei und auch nirgendwo zu erreichen wäre. Sylvia Kleinert berichtete ihm, dass sie gestern beim Griechen und zwar im Herakles gewesen waren. Spiros, dieser Adonis, hätte ihnen wie immer ein wunderbares Essen mit einigen Ouzos und trockenem Weißwein serviert. Dabei hätte er wohl ein Auge auf die neue Kollegin geworfen. „Von mir will dieser Traummann ja leider nichts wissen", fügte sie noch hinzu. Sie hätten sich beide mal wieder richtig ausgequatscht und seien dann jeweils allein – ohne Begleitung, meinte sie noch sagen zu müssen – zu Fuß nach Hause gegangen. Enno Bollmann bedankte sich, legte auf und kratzte sich am Kopf.

Während er noch über seine nächsten Schritte nachdachte, öffnete sich seine Bürotür und Sylvia Kleinert kam herein. „Das mit Jeanette lässt mir keine Ruhe. Wir sollten zu ihrer Wohnung fahren. Vielleicht liegt sie ja nur im Tiefschlaf." Enno Bollmann wusste nicht so recht, ob er die Aktivität der Kollegin gut finden sollte, willigte aber ein.

Sylvia Kleinert fuhr, denn sie kannte den Weg. Die Wohnung lag im zweiten Stock eines Hauses mit acht Mietparteien. Die beiden Beamten klingelten Sturm. Nichts rührte sich.

„Kann ich Ihnen helfen?" hörten sie hinter sich eine Stimme. Die beiden drehten sich gleichzeitig um und sahen einen älteren Mann in einem grauen Kittel und einer Schiebermütze auf dem Kopf. Er hielt einen Piasavabesen in der Hand. „Ich bin hier der Hausmeister."

Die Beamten zeigten ihm ihre Ausweise. Enno Bollmann übernahm die Gesprächsführung. „Wir möchten zu Frau Alt."

„Tja, wenn sie nicht öffnet, ist sie wohl nicht im Haus."

Enno Bollmann wurde ungeduldig. „Sie haben doch sicher einen Schlüssel zu der Wohnung von Frau Alt."

„Ja, das schon, aber ..."

Enno Bollmann ließ den autoritären Kripomann raushängen. „Kein Aber, nun machen Sie schon, Sie haben doch gesehen, dass wir von der Polizei sind. Öffnen Sie sofort die Türen."

Es funktionierte. Der harsche Ton zeigte Wirkung. Der Hausmeister zog ein Schlüsselbund aus der Tasche, schloss die Haustür auf und ging voran. Vor der Wohnung angekommen, zögerte er wieder.

„Nun aber dalli, vielleicht ist unserer Kollegin etwas passiert."

Der Hausmeister schloss die Wohnungstür auf. Enno Bollmann und Sylvia Kleinert liefen an ihm vorbei in die Wohnung. Über die Schulter zurückblickend, rief die Beamtin dem Hausmeister, der den beiden mit langem Hals nachblickte, noch etwas zu. „Sie bleiben draußen."

Der Flur: nichts. Das Wohnzimmer: auch nichts. Das Schlafzimmer: wieder nichts. Das Bett war gemacht. Die Küche: nichts. Enno Bollmann hatte im Wohnzimmer den Anrufbeantworter gesehen. Er ging noch einmal zurück, um die aufgezeichneten Gespräche abzuhören. Es war nur sein eigener Anruf darauf.

Nachdem sie nur Ordnung und Aufgeräumtheit festgestellt hatten, war den beiden Beamten klar, dass sie hier nur ihre Zeit verschwenden würden. Sie riefen dem noch immer in der Wohnungstür stehenden Hausmeister ein Dankeschön zu und gingen die Treppe wieder hinunter. Draußen vor der Haustür blieben sie stehen.

Sylvia Kleinert überlegte laut. „Ihr bearbeitet doch den Fall der getöteten Frau vom Film in Dangast. Jeanette hat mir da etwas von diesem Tim Schumann erzählt. Das soll ja ein ganz seltsamer Mensch sein, um es mal vorsichtig auszudrücken. Ein wasserdichtes Alibi soll er nicht haben. Und auch bei einigen der anderen Männer der Filmgesellschaft soll der Verdacht, dass sie etwas mit dem Tod und dem Verschwinden der Frauen zu tun haben könnten, nicht ausgeräumt sein. Wir sollten uns mal in Dangast bei diesen Leuten umsehen. Ich muss nur noch ein Telefonat mit meinem Chef führen, um ihn über meine Hilfe bei der Suche nach Jeanette zu informieren. Im K3 können sie sicher mal für ein paar Stunden auf mich verzichten."

Während Sylvia Kleinert über ihr Mobiltelefon das Gespräch führte, startete Enno Bollmann den Motor des Wagens für die Fahrt nach Dangast.

Als sie am Drehort ankamen, peitschten Regenschauer über den Deich. Die Filmcrew hatte die Dreharbeiten unterbrochen und sich in eine Scheune zurückgezogen, um die Regenfront vorbeiziehen zu lassen. Die beiden Beamten hatten so Gelegenheit, ohne Wartezeit mit den Filmleuten sprechen zu können. Die hatten am Abend des Vortages ihr Bergfest gefeiert. Gestern hätten alle, ohne Ausnahme, teilgenommen. Eingeladen hatte die Produktionsleitung, und da war es für alle Pflicht gewesen, dabei zu sein.

Kai Schmidt, der Set-Aufnahmeleiter, begleitete die Beamten zum Ausgang. „Es ist natürlich immer möglich, dass sich bei einer solchen Feier mal jemand für eine gewisse Zeit ausblendet, ohne dass es den Kollegen auffällt. Aber eine längere Abwesenheit können wir wohl ausschließen."

„Was nun?" fragte Sylvia Kleinert.

Enno Bollmann, der sich inzwischen mit der forschen Aktivität der Kollegin vom K3 abgefunden hatte, wunderte sich über die Frage. Er schlug vor, in die Butjenter Nachtigall zu fahren. „Diese Kneipe gilt als die Nachrichtenzentrale am Jadebusen."

Sylvia Kleinert nickte. „Kenne ich, vielleicht können wir dort etwas in Erfahrung bringen."

Sie machten sich auf den Weg nach Tossens.

Die Entführung, die Zweite

Morgenrot lag über dem Jadebusen. Von Westen her segelten, vom Seewind getrieben, zerfetzte Wolkenfelder über Salzwiesen, Deich und Watt und vertrieben den Nebel. Die Sonne ging auf. Sie schien aus dem Watt des trockengefallenen Jadebusens aufzusteigen. Die totale Ebbe war vorüber.

Jeanette Alt hörte ein leises Schmatzen und Gurgeln. Dann spürte sie es auch körperlich. Zuerst an den Füßen. Logisch, dachte sie. Das Wasser stieg wieder. Die Flut hatte eingesetzt. Sie war aus einer kurzen Ohnmacht erwacht und von den Geschehnissen der letzten Stunden benommen. Die Kühle des Morgens ließ sie zusammenschauern. Sie zitterte am ganzen Körper, während ihr Puls beschleunigte. Sie sah Watvögel, die im auflaufenden Wasser nach Nahrung suchten.

Mehrfach hatte sie ohne Erfolg probiert, die Knoten der Leine zu lösen. Sie versuchte trotz ihrer Knebelung tief durchzuatmen und später noch einmal mit aller ihr zur Verfügung stehenden Kraft durch Winden und Zerren die Fesselung an Beinen und Händen zu lockern. Es hatte keinen Sinn. Die stramm gebundene Schnur gab keinen Millimeter nach, sondern schnitt immer tiefer in das inzwischen offene Fleisch an ihren Gelenken. Durch die Überanstrengung und den Schmerz war sie wieder einer Ohnmacht nahe. Sie merkte kaum, dass sie sich erleichtern musste, sondern spürte nur, wie es warm an ihren Beinen hinunterlief und in das langsam steigende Nordseewasser pladderte.

Ein Schwarm Lachmöwen umkreiste die Bake. Sie hörte an den Geräuschen, dass sich die Vögel irgendwo über ihr auf der Bake niederließen.

Plötzlich sah sie aus den Augenwinkeln eine Bewegung auf dem Wattboden. Sie erkannte das Taschentuch ihres Peinigers, welches mit der aufkommenden Flut Richtung Deich getrieben wurde. Das Wasser hatte jetzt die Höhe ihrer Kniekehlen erreicht. Zwei größere Vögel tauchten am Horizont auf und hielten Kurs auf die Bake. Als sie herangekommen waren, erkannte Jeanette Alt, dass es Kormorane waren. Unter lautem Protestgeschrei überließen die Lachmöwen den Neuankömmlingen ihre Plätze. Trotz ihrer misslichen Lage dachte die Kommissarin daran, dass unter den Nestern in den Brutkolonien dieser Vögel durch den scharfen, ätzenden Kot jede Vegetation abstirbt.

Sie verfolgte diesen Gedanken nicht weiter, denn das Wasser hatte inzwischen ihren Bauchnabel erreicht. Leichte Panik erfasste sie. Abgelenkt wurde sie durch das pfeifende Zischen von Austernfischern. Ein Paar dieser schwarz-weißen Vögel mit den orangefarbenen Schnäbeln trieb vor der Bake seine Flugspiele, als ob es der gefesselten Frau eine Abschiedsvorstellung geben wollte. Den Kormoranen wurde es zu ungemütlich. Sie flogen davon.

Jeanette Alt fiel wieder in einen Dämmerzustand zwischen Wachsein und Ohnmacht. Erinnerungen an ihre Kindheit und Jugend in Berlin liefen wie im Zeitraffer durch ihren Kopf: Die Einschulung in der Rütlischule in Neukölln, der erste Kuss, als sie mit einem Schulfreund Hand in Hand in der Hasenheide spazieren ging. Die Ausbildung bei der Polizei zog vorüber. Und dann kamen die Männer, die alle bindungsunfähig waren. Sie sah Alexander aus Charlottenburg. Sie liebte ihn und hatte ihm nach einer vierjährigen, harmonischen Beziehung einen Heiratsantrag gemacht. Er hatte abgelehnt. Er würde sie lieber als guten Kumpel behalten, war seine Begründung gewesen. Sie sah die Ausbildung bei der Polizei vorbeiziehen. Dass sie immer alles schnell und sofort machen wollte. Mangelnde Impulskontrolle hatte ein Ausbilder ihr vorgeworfen. Und sie sah ihre stolzen Eltern, als sie die Prüfung zur Kommissarin bestanden hatte. Sie hatte Jonas, ihren Sohn, vor Augen. Ihre Eltern waren noch jung genug, um ihn großzuziehen.

Durch die schrillen Rufe von Flussseeschwalben, die in elegantem Flug von See herkommend Richtung Küste zogen, wurde sie aus ihrem Dämmerzustand gerissen. Das Wasser umspielte inzwischen ihre Brüste. Bald würde es ihr bis zum Hals stehen. Unwillkürlich musste sie an Fälle aus ihrer Arbeit mit Straftätern denken, bei der es oftmals hieß, dem Täter stand das Wasser bis zum Hals. Um sich wachzuhalten, spann sie den Faden weiter.

Jetzt weiß ich, wie die sich fühlen. Jetzt könnte ich auch eine Straftat begehen, um aus dieser Scheißlage herauszukommen.

Die immer stärker steigende Flut und der inzwischen wieder wolkenverhangene weite Himmel verwandelten mit dem aufkommenden Wind den Jadebusen in eine tosende, graue Masse.

Jeanette Alt wurde durch eine tiefe Ohnmacht von diesem Anblick erlöst.

DAS WATT, DIE DRITTE

Die Butjenter Nachtigall war gut besucht. Touristen und Einheimische hatten fast alle Plätze besetzt, um entweder einen späten Frühschoppen zu trinken oder ein frühes Mittagessen einzunehmen. Sicher war der starke Besuch der Gaststätte auch mit dem unangenehmen Regen zu erklären. Ein Bier in fröhlicher Runde zu trinken, schien den Leuten erfreulicher zu sein, als bei diesem Wetter einen Spaziergang auf dem Deich zu machen. Inzwischen waren starke Windböen aufgekommen, denn das Trommeln des Dauerregens an die Fensterscheiben der Gaststätte war trotz des Lärms, den die Gäste in der Kneipe machten, nicht zu überhören.

Enno Bollmann und Sylvia Kleinert fanden noch zwei Plätze an einem Tisch rechts von der Theke. Zwei Gäste saßen bereits daran. Der eine war der Wattyeti Eldert Rescher. Der andere war ihnen nicht bekannt. Die Beamten nickten den beiden ein „Moin" zu und setzten sich.

Enno Bollmann eröffnete gleich das Gespräch. „Na meine Herren, irgendetwas über die verschwundene Filmfrau aus der Gerüchteküche gehört oder gestern Abend, über Nacht oder heute früh eine Beobachtung gemacht, die für die Polizei von Interesse sein könnte?"

Die Tischnachbarn sahen sich an und schüttelten die Köpfe. Enno Bollmann wartete. Der Wirt kam mit zwei Bieren, die er dem Wattyeti und seinem Nachbarn hinstellte. Enno Bollmann bestellte zwei Tassen Kaffee. Der Wirt nickte und wollte den Tisch verlassen.

Der Wattyeti hielt ihn zurück. „Du, Kalle, warte doch mal. Was hast du vorhin hinter deiner Theke von dem komischen Gast erzählt, der heute schon ganz früh wattverkrustet und besoffen hier war? Ich hab das nur mit halbem Ohr mitbekommen."

Der Wirt konnte sich sehr gut erinnern. „Na ja, dieser Schauspieler, der mit der alten Schachtel in Sinsum lebt, der ..."

Wie aus einem Mund kam es von Enno Bollmann und dem Wattyeti: „Gunthram Vallay."

Kalle nickte. „Ja, so heißt er wohl."

Enno Bollmann witterte eine Spur und war jetzt ganz Polizeibeamter. Er sah den Wirt an und wurde wieder einmal ungeduldig. „Was war denn nun mit dem so ungewöhnlich?"

Kalle druckste etwas herum. „Ich will ja nichts Schlechtes über meine Gäste sagen, aber seltsam war der ja schon immer. Heute früh war es besonders schlimm. Er war total verwirrt und ganz verschlammt. Der war in aller Herrgottsfrühe wohl schon im Watt. Außerdem war er besoffen und hat dummes Zeug geredet. Von einem Film an der Bake hat er was gefaselt."

Von der Theke rief ein Gast dem Wirt eine Bestellung zu, der sich darauf hin wieder an seinen angestammten Platz begab.

Enno Bollmann erinnerte sich. Auch bei seinem Besuch in Sinsum hatte der abgehalfterte Schauspieler, bevor er seine Bruchbude verließ, etwas von einer Bake, zu der er noch müsse, erzählt. Bei ihm fiel der Groschen. Er sprang mit einem solchen Ruck auf, dass sein Stuhl nach hinten kippte und umfiel. Er stellte den Stuhl wieder hin, sah Sylvia Kleinert an und sagte: „Wir sollten uns diese Bake ansehen. Wie ist es mit der Tide?"

Während der andere Gast am Tisch verständnislos schaute, zeigte sich der Wattyeti, nachdem er auf seine Armbanduhr gesehen hatte, sehr kooperativ. „Wir haben auflaufendes Wasser, hinlaufen ist nicht mehr möglich. Aber mit meinem flachen Angelboot könnten wir fahren."

Sylvia Kleinert gab zu bedenken, ob es nicht besser sei, erst einmal nach Sinsum zu diesem Vallay zu fahren.

Enno Bollmann wurde unwirsch. „Nix da, wir haben keine Zeit für strategische Überlegungen. Wo steht diese Bake?"

Der Wattyeti fühlte sich angesprochen. „Im Jadebusen!"

Enno Bollmann platzte fast der Kragen, so dick wurde sein Hals. „Ja, natürlich. Aber wo genau? Der Jadebusen ist groß, verdammt noch mal."

Der Wattyeti hatte den Ernst der Lage erkannt. „Kommen Sie, ich fahre Sie hin."

Enno Bollmann sah Sylvia Kleinert an. „Du bleibst hier mit dem Ohr an deinem Mobiltelefon. Falls wir dich brauchen, melde ich mich. Ich fahre mit dem Wattyeti, äh, Entschuldigung, mit Herrn Rescher."

Der Wattyeti lächelte etwas gequält. „Ist schon in Ordnung. Ich kenne meinen Spitznamen."

Enno Bollmann und der Wattyeti liefen in den peitschenden Regen hinaus. Um zum Ufer und zum Boot des Wattyetis zu kommen, nahmen sie eine Abkürzung und liefen direkt zum Deich, wo sie über einen Zaun stiegen, der die weidenden Schafe, die sich jetzt gegen den Wind und den Regen gestellt hatten, davon abhalten sollte, auf die Straße zu laufen. Zwischen den Schafen hasteten sie einen ausgetretenen, schmalen Pfad im Gras den Deich hinauf und hatten die Weite des Jadebusens vor sich. In der Ferne war die Silhouette eines Schiffes, das in der Fahrrinne Kurs Wilhelmshaven fuhr, zu erkennen. Zu hören war nur das kalte, langgezogene Schreien der Möwen.

Obwohl der Wattyeti keine Touristengruppe bei einer Wattwanderung bei sich hatte, konnte er es nicht lassen, einen Satz aus seinem Wattwander-Vortrag zu zitieren. „Küsten, Wolken, Licht, Dunst, Horizont, alles geht ineinander über. Das Watt kennt keine Grenzen."

Enno Bollmann packte ihn am Arm. „Reden Sie keinen Quatsch, kommen Sie."

Kurz darauf waren sie an dem vertäuten Angelboot angekommen. Das Boot hatte einen Fockmast ohne Segel. Der Wattyeti machte sich sofort an dem Außenbordmotor zu schaffen.

„Hoffentlich spielt der verdammte Motor mit. Ab und zu hat das Scheißding mal Macken."

Die Männer schoben das Boot ein paar Meter zum Wasser und sprangen hinein. Der Motor ließ sich von dem Wattyeti problemlos starten. Mit allem, was der kleine Außenborder hergab, kämpfte es sich in den Jadebusen hinein.

Unaufgefordert kam im Wattyeti wieder der Touristenführer durch. „Die Bake ist ein festes Orientierungszeichen für die Seefahrt an der Küste und im Flachwasser. Es gibt auch Rettungsbaken mit einem Fluchtraum für Schiffbrüchige. Unsere Bake hier im Jadebusen hat nur Gestänge, an dem man hochklettern kann."

Enno Bollmann reagierte genervt. „Ja, ja ich weiß. Wie ist der Stand der Tide?"

Der Wattyeti blickte auf seine Uhr. „Den Höchststand haben wir noch nicht erreicht, und wir haben ablandigen Wind. Das hilft uns."

Er schaute noch einmal auf seine Uhr, dann zum Himmel hoch, an dem die Sonne hinter den Wolken nur zu ahnen war, und in Richtung Wilhelmshaven, wo die Türme der Mineralölindustrie durch den Dunst zu sehen waren, und korrigierte daraufhin den Kurs des kleinen Bootes.

Schweigend fuhren die beiden Männer weiter in den Jadebusen hinaus, bis sich der Wattyeti wieder meldete. „Die See wird kabbeliger. Das Wetter schlägt um." Enno Bollmann hatte es auch gemerkt. Der Regen war stärker geworden, und die Windböen wuchsen sich langsam zum Orkan aus. Die Wellenkämme wurden höher. Immer, wenn ein größerer Wasserschwall gegen den Bug des kleinen Bootes schlug, prasselte Meerwasser wie aus Kübeln auf die beiden Insassen nieder.

Der Wattyeti sah die Bake als Erster. Er deutete mit einer Hand schräg über den Bug, korrigierte mit der anderen leicht den Kurs und schrie gegen den Wind. „Da vorn, an der Steuerbordseite, siehst du sie?"

Er war inzwischen zum vertraulichen Du, wie es unter Menschen an der Küste üblich ist, übergegangen.

Enno Bollmann blickte in die angezeigte Richtung und sah durch die Regenwand verschwommen die Bake aus der aufgewühlten See herausragen. Im Gestänge befand sich nichts. Es war leer! Aber da, was war das? An der untersten Strebe, unmittelbar über dem Wasser. Ein Ball? Nein, ein Kopf!

„Schneller, schneller!" rief er dem Wattyeti zu.

Der schüttelte den Kopf. „Der Motor gibt nicht mehr her, außerdem sind viele Brecher ins Boot geschlagen."

Das stimmte. Die beiden Männer standen bis über die Knöchel im Wasser, und es wurde immer mehr. Aber es waren jetzt nur noch ein paar Meter bis zur Bake. In dem jaulenden Sturm konnte Enno Bollmann sie jetzt, trotz der hohen Wellen, erkennen. Es war Jeanette Alt.

Der Wattyeti drosselte den Motor und ging vorsichtig längsseits der Bake. Der Motor blubberte noch etwas, und dann war gar nichts mehr. Nachdem das Boot von der Leeseite an einer Strebe der Bake vertäut war, beugte sich Enno Bollmann zu Jeanette Alt hinunter. Die Wellen hatten bereits die Höhe ihres Kinns erreicht und umspülten den Knebel in ihrem Mund. Sie schien noch zu leben. Er löste die inzwischen etwas locker gewordene Knebelung. Aber die Kommissarin war nicht in der Lage zu sprechen.

Er drehte sich zum Wattyeti herum. „Schnell, gib mir dein Fischmesser."

Der Wattyeti kramte bereits in seiner Angelkiste, holte ein zum Schlachten und Ausnehmen der Fische angeschafftes Messer heraus und reichte es ihm.

Enno Bollmann zog seine Jacke aus, warf sie ins Boot, griff mit dem Messer zwischen den Zähnen wieder zu den Streben hinüber, ließ sich ins Wasser gleiten, holte tief Luft und hangelte sich unter

Wasser an der Bake bis zu den Füßen seiner Kollegin hinunter. Sich mit der linken Hand an einer Strebe festhaltend, versuchte er, den Tampen durchzuschneiden. Er schaffte es nicht ganz. Er musste noch einmal hoch, um Luft zu schnappen und hangelte sich dann wieder hinunter. Diesmal klappte es. Das Messer durchtrennte das Tau, die Verknotung löste sich, und die Beine der Kommissarin bekamen Auftrieb.

Mit der linken Hand sich an der Bake festhaltend, tauchte Enno Bollmann wieder auf. In der anderen Hand hielt er das Messer.

Er blickte zum Wattyeti, der die ganze Aktion über die Bordwand seines Bootes gebeugt verfolgt hatte. „Ich schneide jetzt den Tampen auf ihrem Rücken los. Halte sie an den Schultern fest, damit sie uns nicht wegtreibt."

„Ja, verstanden."

Diesmal war es einfacher. Ohne tauchen zu müssen, konnte er das Tau durchtrennen. Der Wattyeti versuchte, Jeanette Alt ins schwankende Boot zu hieven, was auf den tanzenden Wellen nicht auf Anhieb gelang. Erst als Enno Bollmann den Körper seiner Kollegin vom Wasser aus nachschob, schafften sie es.

„Sie lebt, ist aber nicht bei Bewusstsein", stellte der Wattyeti fest. Enno Bollmann kletterte wieder ins Boot. Der Wattyeti hatte große Mühe, das Boot dabei vor dem Kentern zu bewahren. Das Durchschneiden der Segelleine, mit der die Hände und Füße der Kommissarin zusammengebunden waren, machte mehr Mühe als vorher das Durchtrennen des Tampens aus Hanf. Sie legten die Frau in dem nassen Boot auf das Ölzeug des Wattyetis. Enno Bollmanns nasse Jacke legten sie ihr unter den Kopf, nachdem er sein Mobiltelefon herausgenommen hatte. Obwohl der Wattyeti inzwischen vor Kälte und Anstrengung mit den Zähnen klapperte, zog er seine Jacke aus und bedeckte damit den nackten Körper der Frau.

Enno Bollmann hatte inzwischen auf seinem Mobiltelefon eine Nummer gedrückt. Hastig drückte er ein zweites und drittes Mal. Er versuchte es mit einer anderen Nummer. „Scheiße, durch das verdammte Salzwasser funktioniert das Ding nicht mehr. Gib mir deines doch mal."

Der Wattyeti griff in die Seitentasche seiner Cargohose und reichte das Telefon hinüber. Dabei tropfte es aus dem Gerät, wie aus einem nassen Waschlappen.

„Es würde mich wundern, wenn es funktioniert. Hier im Watt ist es auch bei gutem Wetter immer schlecht mit der Verbindung."

Enno Bollmann drückte und drückte. „Mist, der gleiche Scheiß. Seenotrettung und Wasserschutzpolizei können wir vergessen. Wir müssen selbst zurückfahren."

Der Wattyeti war schon dabei, den Motor zu starten. Doch der reagierte nicht. Fluchend versuchte er es wieder und wieder. „In der Werkzeugkiste liegt ein Schraubendreher. Gib doch mal rüber."

Enno Bollmann nahm den Schraubendreher heraus und entdeckte dabei eine Taschenflasche Rum in der Kiste.

„Hier der Schraubendreher. Ist der Rum okay?"

„Ja, natürlich. Meine eiserne Reserve."

„Ich werde versuchen, meine Kollegin damit wachzubekommen."

Während der Wattyeti an seinem Außenbordmotor arbeitete, versuchte Enno Bollmann seiner Kollegin etwas Rum einzuflößen.

Inzwischen hatte der Sturm nachgelassen, und die Regenwand wurde durchsichtiger.

„Der Motor hat seinen Geist aufgegeben. Das wird nichts mehr."

Fluchend warf der Wattyeti den Schraubendreher in die Werkzeugkiste.

Enno Bollmanns Optimismus ließ ihn etwas sagen, an das er selbst nicht glaubte: „Vielleicht kommt irgendwann ein Segler oder Motorboot vorbei."

Der Wattyeti reagierte unwirsch. „Dummes Zeug. Bei diesem Sauwetter, zumal vom Seewetterdienst für heute ein Sturmtief angesagt worden ist, läuft kein Skipper aus. Wir müssen die Ebbe abwarten."

„Bis dahin ist es für meine Kollegin vielleicht zu spät." Enno Bollmann versuchte es noch einmal mit einem Schluck Rum.

Jeanette Alt reagierte. Hustend und spuckend hob sie leicht den Kopf und blickte um sich. Enno Bollmann sprach sie an. „Bist du okay?"

Sie versuchte zu sprechen. Es kam nichts. Aber sie nickte.

Der Wattyeti hatte inzwischen mit einer Dose das Wasser, das durch die Brecher, die von Luv ins Boot schlugen, immer weiter stieg, außenbords geschöpft.

Das Motorgeräusch eines Schiffes war nicht zu überhören. Der Wattyeti und Enno Bollmann blickten durch den nachlassenden Regen und sahen die herannahende Wasserschutzpolizei. Der Mann auf der Brücke erkannte die Situation, fuhr mit halber Kraft an die Bake heran und stoppte die Maschine. Mit ein paar kurzen Kommandos wurden die zwischen Leben und Tod schwebende Frau und die beiden völlig erschöpften Männer routiniert an Bord des Polizeischiffes geholt.

Während ein als Sanitäter ausgebildetes Besatzungsmitglied sich um Jeanette Alt kümmerte, bekamen die beiden Männer trockene Kleidung und wurden in Decken gehüllt. Ein Mann der Besatzung brachte ihnen Heißgetränke und berichtete, dass die Kollegin Sylvia Kleinert die Wasserschutzpolizei in Wilhelmshaven verständigt hatte. Einer inneren Eingebung folgend, habe sie das als nötig erachtet, weil sie keinen Anruf von ihrem Kollegen im Watt bekam und sie ihrerseits auch ihn nicht erreichen konnte.

„Wie geht es meiner Kollegin?" fragte Enno Bollmann.

„Sie können gleich zu ihr. Unser Sani ist noch bei ihr. Über Funk haben wir einen Rettungswagen an den Pier geordert. In zwanzig Minuten machen wir in Wilhelmshaven fest, und dann werden Ihre Kollegin und Sie beide ins Krankenhaus gefahren."

Enno Bollmann und der Wattyeti protestierten gleichzeitig.

„Ich bin okay, ich brauche nicht in die Klinik. Ich habe noch einen Job zu erledigen."

„Bei mir ist alles klar. Ich will nur nach Hause."

Eine Tür öffnete sich, und Enno Bollmann wurde von dem Beamten, der die Erstversorgung bei der Kommissarin durchgeführt hatte, hereingewunken. Der Beamte stellte sich als Knut Hinrichs vor und deutete ins Innere des kleinen Raumes, der als Krankenstation diente. Jeanette Alt lag warm eingepackt auf einer Liege und schaute ihn an.

Knut Hinrichs erklärte: „Ihre Kollegin wollte unbedingt mit Ihnen sprechen. Sie war stark unterkühlt, und der Kreislauf war so gut wie weg, beziehungsweise so schlecht wie weg. Ich habe ihre Wunden versorgt und ihr eine kreislaufstabilisierende Spritze gegeben. Wenn wir angelegt haben, wird sie gleich ins Krankenhaus gebracht."

Enno Bollmann beugte sich zu seiner Kollegin hinunter. „Wie sah der Mann aus?"

Jeanette Alt versuchte zu sprechen. Nach dem dritten Anlauf konnte er, mit seinem Ohr unmittelbar an ihrem Mund, verstehen, was sie sagte. Die Beschreibung der Kriminalbeamtin war sehr präzise. Es gab keinen Zweifel, der Mann, der seine Kollegin entführt und an die Bake gefesselt hatte, war Gunthram Vallay.

Jeanette Alt versuchte noch etwas zu sagen. „Die beiden anderen Frauen, die vom Film, auch ..." Kraftlos sank sie in die Kissen zurück und schloss die Augen. Enno Bollmann verließ leise den Raum.

Über Bordfunk verständigte er den zuständigen Polizeidirektor Andreas Lange, schilderte kurz die Vorkommnisse der letzten Stunden und bat um personelle Unterstützung, um den Tatverdächtigen festnehmen zu können. Auch Sylvia Kleinert informierte er über den Stand der Dinge, wobei er sich für ihre Initiative bei der Rettungsaktion bedankte.

Kurze Zeit später machte das Schiff der Wasserschutzpolizei im Hafen von Wilhelmshaven fest. Enno Bollmann sprang von Bord. Sylvia Kleinert wartete schon auf ihn. „Bist du in Ordnung?"

„Ja, natürlich. Ich bin doch nicht aus Zucker."

„Gut, ich habe eine trockene Uniform und Unterwäsche mitgebracht. Und die offizielle Anweisung von Goldstern, bei der Festnahme dabei zu sein, habe ich auch. Wir fahren mit dem Einsatzwagen, der dort hinten mit den zwei Kollegen steht. Den Weg zum Haus von Vallay kennst du ja."

Enno Bollmann nickte.

„Na, dann los."

Als sie am Krankenwagen vorbeikamen, blieben sie stehen. Jeanette Alt wurde gerade auf einer Trage hineingeschoben. Sie schlug die Augen auf, sah die beiden Kollegen, und ein leichtes Lächeln erschien in ihrem Gesicht.

Sylvia Kleinert fragte die Rettungssanitäter nach ihrem Ziel.

„Reinhard-Nieter-Krankenhaus", antwortete der Fahrer.

SINSUM, DIE DRITTE

Mathilde Koller-Elberfeld und Gunthram Vallay hatten dem Alkohol schon wieder reichlich zugesprochen. Vallay war stark betrunken ins Haus gekommen und hatte zwei Flaschen Wodka mitgebracht. Mathilde Koller-Elberfeld hatte seinen Trunkenheitsvorsprung sehr schnell aufgeholt.

Jetzt saßen sie bei Kerzenschein in ihrem zugemüllten Wohnzimmer. Nicht aus romantischen Gründen bei Kerzenschein, sondern, weil sie wegen monatelang nicht beglichener Stromrechnungen sonst in einer dunklen Höhle hätten leben müssen.

Mathilde Koller-Elberfeld hatte die schlammigen Hosen und Schuhe von Gunthram Vallay bei seiner Rückkehr zwar bemerkt, aber nichts dazu gesagt. Jetzt, bei erhöhtem Alkoholpegel, mit der unvermeidlichen Zigarette in der Hand, kam sie doch darauf zu sprechen. „Du Schwein warst wieder bei jungen Weibern und hast es mit ihnen draußen im Dreck getrieben."

Der inzwischen fast im Delirium befindliche und wieder in einer anderen Welt lebende Gunthram Vallay reagierte aggressiv und lallte: „Du alte Ruine, mit dir ist ja nichts mehr los. Da muss ich eben mit anderen Frauen große Dinge vollbringen." Damit erhob er sich und stolperte auf den Flur hinaus.

Der Streit eskalierte. Mathilde Koller-Elberfeld griff sich die zweite, fast volle Flasche Wodka, torkelte hinter ihm her und beschimpfte den Mann mit keifender, sich überschlagender Stimme: „Mich wirst du nicht mehr mit dem jungen Weiberpack betrügen, du verkommener Lump!"

Gunthram Vallay stolperte weiter zur offenen Haustür. Die hinter ihm stehende Mathilde Koller-Elberfeld hob die Wodkaflasche und schlug sie ihm trotz ihrer Trunkenheit zielgenau, mit einer für eine so ausgemergelte Frau überraschenden Kraft auf den Kopf. Völlig von

Sinnen schlug sie noch einmal und noch einmal zu und brach dann schluchzend auf dem Flur zusammen. Dabei riss sie einen kleinen Tisch um, auf dem eine brennende Kerze stand.

Gunthram Vallay stand noch, aber er wankte. Es gab keine Gegenwehr von ihm, denn er war nicht mehr in der Lage zu reagieren. Mit zerschmettertem Schädel machte er wie eine Marionette noch ein paar Schritte durch die offene Haustür nach draußen.

FINALE

Enno Bollmann, Sylvia Kleinert und die beiden uniformierten Polizisten fuhren auf dem direkten Weg nach Sinsum. Enno Bollmann saß auf dem Beifahrersitz und dirigierte den Fahrer zum Ziel. Der junge Polizist am Steuerrad hatte Sirene und Blaulicht eingeschaltet und fuhr wie der Teufel. In der Ortsdurchfahrt Ruhwarden hätte es fast einen Zusammenstoß mit einem Trecker gegeben, auf dem ein unaufmerksamer Fahrer mit Ohrenschutz saß. Die letzten Kilometer vor ihrem Ziel schaltete der Polizist den Alarm wieder aus. Auf dem Hof angekommen, fuhr er zwischen dem herumliegenden Gerümpel bis in die Nähe der Tür des Wohnhauses. Enno Bollmann stieg als Erster aus und ging auf die offene Tür zu. Aus dem Eingang kam ihm eine zombiehafte Gestalt entgegen, die nach zwei Schritten vor ihm zusammenbrach. Die Schädeldecke des Mannes war eingeschlagen, die Hirnhaut zerfetzt, und Hirnmasse spritzte aus dem, was einmal der Kopf des Mannes gewesen war.

Als Enno Bollmann seinen ersten Schreck überwunden und sein Ekelgefühl unterdrückt hatte, musste er unwillkürlich an die Geschichte vom Seeräuber Klaus Störtebeker denken, der in Hamburg nach seiner Enthauptung angeblich noch mehrere Meter gelaufen war, um so möglichst vielen seiner Vitalienbrüder das Leben zu retten.

Inzwischen waren die drei Kollegen herangekommen und konnten kaum glauben, was sie dort sahen. Der junge Beamte, der am Steuer des Einsatzwagens gesessen hatte, ging schnell ein paar Schritte zur Seite und übergab sich geräuschvoll. Sein uniformierter Kollege war schon wieder am Fahrzeug und rief über Funk einen Rettungswagen.

Sylvia Kleinert, die neben Enno Bollmann getreten war, konnte einen Brechreiz nur mit Mühe unterdrücken, während ihr Kollege nur ganz trocken bemerkte: „Das ist unser Mann, Gunthram Vallay. Der braucht keinen Notarzt mehr. Da reicht ein Leichenwagen."

Bevor die Beamten ins Haus gehen konnten, kam ihnen noch eine Schreckensfigur entgegen: die mumienhaft aussehende und in ein langes, weißes Gewand gekleidete Mathilde Koller-Elberfeld. Sie brannte lichterloh und torkelte schreiend wie eine lebende Fackel auf die Beamten zu, bis sie über den Beinen von Gunthram Vallay ins Straucheln geriet und über dem Leichnam wimmernd zusammenbrach.

Die Polizisten erstickten die Flammen und bedeckten den verbrannten Körper der Frau.

Aber der Schrecken nahm kein Ende. Aus dem Haus ertönten plötzlich fürchterliche, durchdringende Laute, die sich wie laute Kinderschreie anhörten. Die Beamten blickten hoch und sahen zwei brennende Katzen aus dem Haus herauskommen. Ehe die Polizisten etwas unternehmen konnten, waren die Tiere blitzartig im Gebüsch neben dem Anwesen verschwunden.

Inzwischen hatte sich penetranter Brandgeruch bemerkbar gemacht. Erste Flammen schlugen aus dem Wohnhaus und griffen auf die Nebengebäude über. Den Polizeibeamten war klar, dass mit dem Handfeuerlöscher aus ihrem Wagen nichts mehr zu retten war. Der junge Polizist, der sich von seinem Brechanfall erholt hatte, alarmierte die Feuerwehr.

Die Hitze des schnell größer werdenden Feuers wurde unerträglich. Das Lärmen des brennenden Anwesens war ohrenbetäubend. Vom Strohdach blieb nichts mehr übrig. Die Balken der Dachkonstruktion und die Deckenpfeiler barsten mit einem Getöse, das wie das Krachen von Geschützen klang. Zischend brauste das Feuer über die Dächer von Wohnhaus, Scheune und Stallungen hinweg.

Als der Notarztwagen und die ersten Fahrzeuge der freiwilligen Feuerwehren der umliegenden Gemeinden eintrafen, hatte sich schon eine Versammlung von Nachbarn eingefunden, die mit unverhohlener Neugier und Schaulust die Bemühungen der Feuerwehr verfolgen wollte. Aber es war nicht mehr viel zu retten. Die strohgedeckten Dächer, die überwiegend aus Holz gebaute Scheune und die Stallungen hatten dem Feuer genügend Nahrung geboten.

Nachdem die beiden Bewohner des Anwesens abtransportiert worden waren, begann die Menge der neugierigen Gaffer sich langsam zu zerstreuen.

Als die Feuerwehr die schwelenden Überreste der Gebäude abgespritzt hatte und der beißende Geruch feuchter Asche aufstieg, gab es für Enno Bollmann nur noch ein Telefonat zu führen. Er bat Sylvia Kleinert um ihr Mobiltelefon und rief im Reinhard-Nieter-Krankenhaus an. Während er mit einer Hand das Telefon hielt, klopfte er mit der anderen Flugasche von seiner Kleidung.

Er bekam eine Krankenschwester ihrer Station an den Apparat. „Ja, Frau Alt ist gerade aufgewacht. Ich stell mal zu ihr ins Zimmer."

„Jeanette Alt", hörte er eine Stimme, die deutlich schwächer klang, als er es von ihr gewohnt war.

„Hallo Jeanette, deinen Peiniger gibt es nicht mehr. Wie geht es dir?"

„Schon besser. Aber erzähl doch mal, was passiert ist."

Enno Bollmann berichtete kurz über die Geschehnisse der letzten Stunden.

„Danke, wir sehen uns bald im Büro wieder", sagte sie schließlich. Diesmal klang ihre Stimme schon etwas fester.

Im Kommissariat, die Letzte

Nach Krankenhausaufenthalt, Rekonvaleszenz und Resturlaub hatte Jeanette Alt endlich ihren ersten Arbeitstag. Drei Monate waren seit ihrer Entführung und der glücklichen Rettung vergangen. Die letzten Wochen hatte sie mit ihrem Sohn Jonas bei ihren Eltern in Berlin verbracht. Eine psychologische Betreuung, um die Ereignisse der Entführung zu verarbeiten, hatte sie abgelehnt. Ihre Kollegen Sylvia Kleinert und Enno Bollmann hatten sie mehrfach im Krankenhaus besucht. Sogar Goldstern, der Polizeidirektor, war einmal mit einem großen Blumenstrauß aufgetaucht.

Auch jetzt standen Blumen auf ihrem Schreibtisch. Enno Bollmann hatte in einer kreativen Anwandlung auf einem Stück Karton einen herzlichen Willkommensgruß gestaltet, der an die Vase gestellt war.

Als Jeanette Alt zur Tür hereinkam, wurde sie nacheinander von ihrem Chef Goldstern, Enno Bollmannn und Sylvia Kleinert mit einer Umarmung begrüßt. Die Umarmung mit Enno Bollmann fiel dabei besonders lang und intensiv aus und übertraf die sich auch in Norddeutschland eingebürgerten Begrüßungsumarmungen der mediterranen Menschen.

Nachdem Jeanette sich für den herzlichen Empfang und die Blumen bedankt hatte, meldete Goldstern sich zu Wort. Enno Bollmann und Sylvia Kleinert sahen sich an. Bloß keine Rede. Das war es, was beide dachten. Aber der Polizeidirektor machte es kurz. Er berichtete von einer Einladung der Valentine Production für alle Anwesenden zur Vorab-Aufführung des Films „Franz Radziwill" in Wilhelmshaven, wobei er mit dem Wort „Preview" leichte Probleme hatte. „Und dann habe ich von der Kollegin Kleinert gehört, dass Sie gern bei einem Griechen essen gehen. Der Tisch ist für Sie drei reserviert. Die

Zeche zahle ich aus meinem Reptilienfonds. So, und jetzt wieder an die Arbeit."

Jeanette war nur kurz sprachlos. Während sie sich noch einmal bedankte, verließ der Chef das Büro. Auch Sylvia Kleinert ging, nachdem sie Jeanette noch einmal umarmt hatte.

Enno Bollmann und Jeanette Alt setzten sich an ihre Schreibtische. Die Kommissarin beugte sich vor und legte ihre zierliche Hand auf die wie eine Pranke wirkende Hand ihres Kollegen. Sie blickte ihm in die Augen. „Danke", sagte sie.

THE END

HANS GARBADEN IM SCHARDT VERLAG

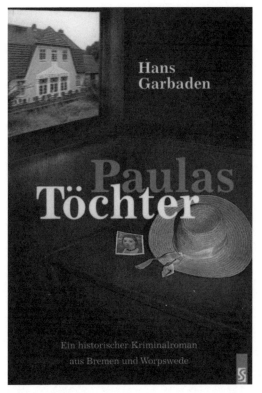

Paulas Töchter. Oldenburg 2010, 96 Seiten, 978-3-89841-509-5

Im Frühsommer des Jahres 1921 geraten der beschauliche Künstlerort Worpswede und der Bremer Stadtteil Findorff in Aufruhr: Bereits vier kleine Mädchen sind innerhalb kurzer Zeit spurlos verschwunden. Der Bremer Kriminalkommissar Harm Logemann und sein junger Kollege, Wachtmeister Dirk Murken, stehen vor einem Rätsel. Fest steht nur: Alle Mädchen fuhren mit dem Moor-Express, der zwischen Bremen und Worpswede pendelt. Seltsam ist, dass alle Mädchen den Vornamen Paula haben. Ein Zufall? Gibt es möglicherweise eine Verbindung zur Malerin Paula Modersohn-Becker, die bis zu ihrem frühen Tod hier lebte und arbeitete? Zusammen mit dem Worpsweder Dorfpolizisten Johann Behrens und der Bremer Journalistin Lena Geffken versuchen Logemann und Murken den Ursachen auf die Spur zu kommen. Währenddessen macht sich ein geheimnisvoller und gefährlicher Fremder auf die Suche nach einem neuen Opfer.